風雨小白樓

李蘊 著

自序

這不僅是一本回憶父親的書。更多的，是寫父親的朋友們。

這些朋友中，有電影編劇，有導演，有與父親同代的，也有下一代的。隨著歲月的流逝，他們有的離去了，有的已近古稀。父親一生雖然寫了十幾個電影劇本並都搬上銀幕，可他生前最想念的，是那些與他共同合作過的朋友和夥伴們，從來沒有忘記劇本中的某一個精彩細節是誰誰提供的，某一個故事題材是誰最先發現的……當我翻閱數不過來的文檔資料，憑著記者的好奇和敏感去採訪和接近父親生前的朋友時，我瞭解到那一代電影人深厚的藝術造詣，他們的追求，他們的理論和實踐，以及他們的命運——一些父親最知已的朋友，在政治鬥爭風暴中失去人身和創作自由，直至失去生命，已成為父親心中永遠的痛！

父親曾趴在農家的炕桌上寫文章懷念他的創作摯友，在書中與他們對話，在信中與他們探討文學和電影理論，在夢中和他們相對而坐，默默無語……

父親和他朋友們的友情，記錄了那一特殊時期特別的中國電影史！

這本書中，也收進了我對兩位母親的回憶。我曾細心聆聽生母的述說，我也靜靜地坐在繼母面前，聽她敘述對父親的思念。

她們是父親的親人，也是父親的朋友。

我的一生中，最難忘的是下鄉當知青的四年，還有二十多年的電視記者生涯。我記不清自己拍了多少部紀錄片，挑出兩部印象較深的也收入書中，讓漸行漸遠的思緒，重新回到人生的酸甜苦辣之中……

如今父親已經去世二十八年了。向父親學習什麼？學品行，學道德，學情操；向他的朋友們學習什麼？學他們不懈的創作嚮往，以及留給後人的寶貴的探索……這是我寫此書的目的。當父親知道我把他放在大家中間，以一個普通朋友形象出現的時候，他一定會點頭，向我露出那麼熟悉的、飽含豐富內容的微笑……

李蘊

2020年6月

目次

父親和
他的朋友們

第一章

喜劇導演的悲劇

年輕的父親林杉

父親林杉個頭不高。幾乎所有寫過林杉的文章都用了類似「清瘦文靜」這樣的詞來描述他。他的儒雅氣質是從那副永遠離不開的眼鏡和心平氣和的說話聲透出來的。他平時話不多，聽到有意思的事就「哈哈」地敞懷大笑。他走路愛低著頭，總好像在想什麼。右手三個手指時常劃出脆響。他想事愛著迷，經常拎著暖壺去水房打水，然後又拎著空暖壺回來，在家人的叫喊聲中再拎著暖壺折回去……

林杉生於1914年的浙江寧波，十六歲參加革命，十七歲入黨，十八歲成為每月拿六元錢津貼的職業革命家——中共上海某地下交通站的常駐地下工作者。1932年被捕在國民黨浙江陸軍監獄關了五年。抗戰時期，奔赴山西抗日前線從事文藝工作，率領呂梁劇社、大眾劇社、七月劇社等革命文藝團體在呂梁山區演出。以後轉戰於晉綏大地，寫了很多戲劇。解放後，他被調到中央電影局，半路出家搞起了電影創作。1964年任長春電影製片廠副廠長。「文革」後的1979年調到北京中國電影家協會，任書記處書記兼《大眾電影》主編；1981、82年任中國電影金雞獎評委。1983年退居二線，任影協顧問。

這份簡歷，林杉入黨時寫，進延安出延安時寫，進北京出北京寫，當領導時寫，被撤職時寫，挨批鬥時寫……隨著時間推移，簡歷越寫越長。現在放在我案頭的，是用厚厚的粗糙發黃的紙寫下的其中一份「認罪自傳」，是寫給當年造反派看的。

早在1949年5月，林杉已是晉綏邊區有名的「戲劇家」了，他在戰爭時期領導各劇社自編自導了二十多部大小戲劇，在當地稱得上大名鼎鼎。所以，那年他作為西北代表團成員進北京參加全國第一次文代會時，就被電影局盯上了。

當時中國已經有了三個電影製片廠——東北廠、上海廠和北京廠。三個廠都歸中央電影局領導。因沒有劇本無法生產，三個廠都在「等米下鍋」。林杉和近三十名來自全國的藝術人才只好臨陣磨槍，硬著頭皮披掛上陣了。

1950年，剛剛從電影局劇本創作速成班「畢業」的林杉開始上手寫電影劇本了。

1951年林杉任中央電影管理局劇本創作所編劇

林杉個子小膽子大是個很聰明的人。那些日子他手裡整天捧著厚厚的一本二十八萬字的長篇小說《呂梁英雄傳》，琢磨著想把它改成電影。他想，自己一直生活在山西抗日前線和晉西北，有自己熟悉的素材，又有現成的小說，第一次出手不至於出大醜。果然，劇本很快誕生。他把劇本拿給山西小說作者馬烽看，馬烽說不錯；他又上交電影局審查，也立馬通過。林杉樂得合不攏嘴，於是電影《呂梁英雄》劇本順利誕生！

電影局把已經通過的《呂梁英雄》劇本分配給了北京電影製片廠，廠長田方把劇本交給了從延安進京，身份是電影導演卻從沒獨立導過電影的呂班。田方認為，呂班既是抗日前線的戰士，又當過電影演員，可以說是「恰到好處」！

演員出身的呂班是個長得生動，說話生動，性格生動的很特殊的人物。他1913年出生在山西，原名郝恩星。少年時家境貧寒，曾下煤窯，當學徒，做雜役。1930年他考入北平聯華電影演員養成所，漂泊不定的生活養成了他無拘無束的性格。三十年代經趙丹介紹他先參加戲劇表演，以後又參加了《十字街頭》和《青年近衛軍》等影片的拍攝。抗戰爆發後，呂班加入上海救亡表演劇九隊宣傳抗日。1938年他奔赴延安，先在抗日軍政大學學習軍事，後任抗大總校藝術團指導、八路軍野戰政治部實驗劇團團長等職。1942年經羅瑞卿介紹入黨。1946年後任晉魯豫軍區文藝科長、太行邊區北方大學藝術學院秘書等職。1948年，呂班進入北京電影製片廠。

1949年呂班（左一）參加全國第一屆文代會

林杉（右一）與呂班（中間）
在《呂梁英雄》外景地

林杉結識了呂班，兩個從沒獨立幹過電影的「電影人」走到一起了。林杉發現眼前的呂班幽默風趣，聰明靈敏，說話大咧咧，滿腦子鬼點子；呂班發現林杉文質彬彬，輕聲細語，藏而不露，謹慎謙和。兩個性格完全相反的人，湊一塊兒幹起了電影。他們第一次業務對話是這樣的：

林杉：「我一直在晉綏一帶搞話劇和晉劇。」
呂班：「我在延安演出最拿手的就是山西邦子。」
林杉：「呂梁一帶的遊擊戰搞得有聲有色。」
呂班：「他們埋地雷的方法特逗。」
林杉：「山西的地方戲曲很有特色。」
呂班：「我唱的京韻大鼓遠近有名。」

大咧咧的呂班有啥說啥，話語不多的林杉卻覺得他好可愛。兩個人越聊越近，聊了半天竟忘了聊電影。

還沒等電影開拍，《呂梁英雄》已經「榮獲」了三個「第一」——林杉是第一次寫劇本，呂班是第一次當導演，北京電影製片廠是第一次拍攝故事片。

呂班這時雖說沒獨立幹過電影，進京這段時間也看了不少蘇聯影片。他有激情，敢聯想，非常想當一次獨立導演。這次能導演《呂梁英雄》樂得他做夢都在笑。那些打遊擊、埋地雷的故事都是抗戰八年裡他最熟悉的生活，早就有把這些搬上銀幕的想法，這次可是天遂人願！他躍躍欲試，磨拳擦掌。

聰明好學的林杉充分調動自己的生活積累，大膽提煉，突出主線。既保持了原作的精華，又有他自己的獨特創造。雖然是第一次上手，林杉已經重視人物形象的塑造，即使對敵人也沒有作簡單化處理。

呂班心領神會，在全片結構和群眾場面調度上下功夫。山西是呂班的故鄉，他本來就對晉綏區很熟悉。他將膾炙人口的山西小調填了新詞，把獨具韻味的民間說唱和舞蹈加到影片裡。結果，這個有著幾個「第一」的影片倒變得蠻有聲色。

不過，這畢竟是「三個第一」的作品，幼小稚嫩，不成大作。

可正是這部作品，讓林杉與呂班既成合作者，又成了相敬如賓的朋友。

記得我曾經問過父親，呂班給你的突出印象是什麼呢？

父親想了想竟笑了，說：「呂班天生就是個搞喜劇的人才。」

不錯，呂班就是為喜劇而生的。

早在延安時期，呂班任「抗大文工

30年代的滑稽演員　呂班

團」藝術指導。文工團除了唱歌扭秧歌，還演曲藝、評戲、京戲、話劇等，為戰爭時期的延安帶去了歡聲笑語。不久，呂班獨有的喜劇表演天賦和他的民間文藝才能讓延安地區家喻戶曉，婦孺皆知。著名詩人公木回憶說：「呂班軼事數不清，給我們烙印最深的還是『呂班大鼓』。還有呂班捏著鼻子學女中音唱山西小調，那才純粹是逗樂子哩」！

1938年的呂班

延安時期的呂班時常在頭上扣頂西瓜皮小帽，鼻樑抹上白粉，用個小棍敲著鼓，揚脖唱起自己填詞的「山西小調」、「山西邦子」，或是「京韻大鼓」。他熟悉各種各樣的地方戲曲，而且每次都根據當時的形勢和情景臨時填詞，臺上臺下氣氛格外活絡。有一次，他竟把毛澤東的《論持久戰》編進了大鼓，以後成為著名電影導演的蘇里當時就坐在現場，他說當時毛澤東興奮地站起來指著呂班說：「這就是中國的『呂班大鼓』」。很快「呂班大鼓」遠近聞名，不光是戰士、百姓喜歡，周恩來、劉伯承、陳賡、賀龍、羅瑞卿、榮高棠……都為他的「大鼓」笑得前仰後合。

不管什麼演出，只要呂班上場，臺上臺下必定傳來陣陣笑聲。他機敏滑稽，誇張且不俗，走到哪裡笑聲便跟到哪裡。他嘴裡叼著賀龍送他的煙斗，撥動著冼星海送他的吉它，擺弄著陳賡送他的最心愛的勃朗寧手槍，還有那個聞名延安的，用枝條做成的鼓棒……他把笑聲帶給延安，被稱作「永不悲觀的戰士」，延

延安：關項應　袁牧之
賀龍　呂班

河邊「最受歡迎的演員」。

從十里洋場的滑稽演員，到抗戰前線的「呂班大鼓」，不管戰爭環境怎樣艱苦，笑聲始終伴隨著呂班一路走來。

呂班完成了電影《呂梁英雄》後，1955年又接著執導了《新兒女英雄傳》（獲國際獎）、《六號門》（獲文化部優秀影片三等獎）。這個時候，創作激情旺盛的呂班有一個夙願總也放不下，他很想搞喜劇電影。

喜劇是笑的藝術。

呂班說：「如果說悲劇是把美好的東西撕碎了給你看，那麼喜劇就是把醜陋的東西放大變形了給你看。」他喜歡果戈里，契柯夫和卓別林的幽默，更喜歡魯迅的犀利。他厚積薄發，華麗轉身，為自己定了個人生目標，立志成為「東方卓別林」！

於是，1956年，迎著「百花齊放，百家爭鳴」的春天，也是回應文化部電影局提出的「三自一中心」（自由選材、自由組合、自負盈虧與以導演為中心）的主張，大膽突破建國初期計畫生產、集中統一的管理體制，經文化部批准，呂班與天津曲藝作家何遲一起四處奔走，招兵買馬，精心設計，決心成立一個喜劇班子。他們興高采烈地勾畫了一個跨部門、跨單位、跨地域的，以策劃與生產喜劇電影為重點的創作群體——《春天喜劇社》。

兩位喜劇演員　呂班與殷秀岑

這個全國獨一無二的喜劇團隊，首先吸引了國內著名喜劇演員侯寶林、謝添、趙子岳的興趣，他們紛紛打招呼希望加盟。令呂班驚喜的是，經過他們做工作，原北京劇本所所長王震之、長影編劇林杉和導演沙蒙也同意加盟進來，劇社還得到在中宣部文藝處就職的鍾惦棐的支持，用呂班自己的話說，他簡直「興奮」到「瘋狂」的程度了。

1980年，據長影檔案室記載，呂班他們後來想想，光是「喜劇社」還不過癮又做了一個新夢——乾脆建一個生產喜劇的電影廠吧。這就為以後的「分裂長影」，「脫離黨領導」埋下了罪名。呂班們設想，第一，由林杉、王震之、何遲、呂班等成立一個創作室，創作室寫出的電影、舞臺劇本供給喜劇團，將來的「團」就由這個「室」來領導；第二，呂班沒有忘記黨的領導，他提出四個人成立一個黨組，由林杉作書記，由天津市文化局黨組或天津市文聯黨組領導，必要時請求讓林杉也能參加文化局黨組；三、建議王震之擔任天津市作協副主任，林杉參加天津市作協；第四，喜劇團擬訂呂班為團長兼總導演，何遲為副團長兼編

呂班和喜劇演員們在一起

導；如果謝添、李景波加入，則由他們兩人擔任副團長；羅泰擔任劇團導演；第五，第六，第七……他們連在哪選廠址，如何批辦公用品，如何走生產程式等都想到了，好像一個為新中國「百花園」增添色彩的宏偉藍圖馬上要誕生了。

寫到這裡我就不明白了，呂班成立「喜劇社」，怎麼自己定黨組名單？林杉還被他內定為黨組書記？他還為自己確定了團長副團長職務，把領導班子全都策劃好了？感覺呂班這時好像是個公司老闆，全然不知這些都不是哪個人能定的，他好像忘了上有領導，下有組織，自覺不自覺地走到了「自由組合、自由選材」的「自由」天地裡去了。自由自在的呂班不會想到，這一切都為他以後的命運畫上了悲慘的句號。呂班的所有設想還沒來得及拿出來實現就落在了「文革」中的造反派手裡，最後全部走進了長影檔案室。

我從小就知道父親喜愛喜劇。他尤其愛聽相聲，只要是侯寶林的相聲他百聽不厭。他看起來寡言少語，聽起相聲卻總是放聲大笑，格外忘情。平時沒事時也愛給我們講幾個小笑話，當我們被逗得在地上直轉磨磨時，你看他得意得滿足極了。我跟父親在一起看過幾場央視春節晚會，睡眠不好的他平時九點是必須入睡的。可是年三十晚上他一定要等看完小品笑夠了才肯去睡。

1955年，呂班在黃河邊

林杉為什麼喜歡喜劇呢？在他的論文裡他寫過：「不能低估諷刺喜劇在反對封建殘餘、資產階級腐朽思想以及小生產習慣勢力等意識形態鬥爭中所能發揮的作用……它是群眾喜愛的一種文藝樣式。喜劇可以以誇張的手法刻畫人物，也不回避健康的噱頭。」我想，父親和沙蒙所以想走進呂班的《春天喜劇社》，也是想探索出一條新的創作路子，從而打開中國電影題材的侷限性。

而呂班的跟頭，恰恰就跌在了林杉說的這一點上——「針砭時弊」！

解放後的呂班是個有思想的人。他對生活中出現的一些官僚主義、自私自利、違反道德的不良現象很看不慣。他認為用諷刺喜劇的手法鞭撻這些醜惡現象應該很有力量。於是，一個用喜劇形式拍電影的美夢開始了。

《春天喜劇社》還沒成立，他已先動手拍起了喜劇電影。1956年他先拍了喜劇電影《新局長到來之前》。說的是一位牛科長為了迎接即將到來的新局長，調動全科力量搬水泥，置傢俱，安新床，為新局長打造寬敞舒適的辦公室，卻對單身職工宿舍漏雨等事宜一拖再拖，由此與新上任的局長陰差陽錯，上演了一齣滑稽的「官場現形記」。

同一年，他又拍了喜劇電影《不拘小節的人》，說的是作家李少白以文人雅士自居，卻「不拘小節」，坐火車占兩人位置，吃水果亂扔果皮，不管看戲坐車還是遊湖逛公園，參觀圖書館，到處惹麻煩受指責。到頭來挨了批評黃了對象，面紅耳赤，十分尷尬。呂班在這部影片中把被嘲諷的人定為「肯定性喜劇形象」，為打破戲劇創作「不許表現有缺點的小人物」硬是找了個突破口。

可是，呂班拍喜劇卻一點都喜不起來。他一邊拍攝，一邊被上面的條條框框捆著手腳。先說喜劇中不能有正面人物，又不能是壞人，那是個什麼人呢？呂班還沒開拍就開始發懵。然後又要求不能諷刺現實生活，不能有具體的時間地點，呂班就差沒到月球上拍喜劇片了。

1957年，為自己的理想矢志不渝的呂班又開始了第三次嘗試。他鬥志不減，激情滿懷地進入第三部喜劇影片《未完成的喜劇》的拍攝。呂班特意請來了著名喜劇演員瘦子韓蘭根和胖子殷秀岑參加表演，設計了一胖一瘦兩個滑稽演員在演出，還有一個叫易浜子，即「一棒子」的批評家（方化飾），他怎麼看演出都不順眼，不是扣帽子就是打棍子，最終引出許多笑話。

這就麻煩大了，反右鬥爭的擴大化沉重地打擊了長影的創作，呂班被批為「將矛頭直接指向了文藝領導部門。」

1957年7月，《人民日報》剛發表了鼓勵「大鳴大放」的社論。一個月後，報紙卻「華麗轉身」，連續發表社論說：「讓大家鳴放有人說是『陰謀』，我們說這是陽謀。牛鬼蛇神只有讓他們出籠才好殲滅他們。」接著各大媒體已呈現「反右」情勢。此時呂班正忙於《未完成的喜劇》後期剪接，《人民日報》已開始點名批判呂班是「一個靈魂深處腐朽透頂的電影界的敗類」，「唯利是圖的反黨分子」，「一個蓄謀已久，企圖篡改電影事業方向的、披著老黨員外衣的、別有用心的野心家。」一夜之間，呂班成了反右前期屈指可數的極右份子，他的人格和喜劇作品被完全妖魔化。

一個民族，為什麼這麼怕諷刺喜劇呢？呂班到頭也沒想明白。緊接著，「春天喜劇社」以及《新局長到來之前》、《不拘小節的人》和《未完成的喜劇》三部影片全部被公開批判，呂班與何遲也因「陰謀分裂長影」等罪名被拉到長影樂團的排練室接受批判。有人評論說，極「左」的文藝思潮是「呂何聯盟」及其「春天喜劇社」的夢想無法真正實現的主要原因；在「反右派」政治鬥爭的高壓下，體制內外均付出代價，個人身心俱受重創。喜劇的悲劇既是體制的慘敗，也是人的慘敗；歷史的天空總會有笑聲，但沒有人能夠分享。

呂班的心中回蕩著「創作自由」的波濤。他盼望中國能有幽默情懷的政治家，評論家和觀賞家！然而他慘痛的餘生驗證了這是一部很難完成的「人間喜劇」。後來正如他的子女們所說，呂班想通過諷刺喜劇來針砭時弊是萬萬不行的，否則喜劇就會變成人生悲劇。呂班以後的人生命運，被悲哀地驗證了。

1957年9月的一天，隨著反右鬥爭升級，長影廠著名編劇、曾擔任過中央電影局電影劇本創作所所長的王震之，因被戴上

「資產階級右派」帽子，迎著飛馳而來的火車從長春寬平大橋跳下自殺身亡。他才四十一歲，用自己被碾得粉碎的身軀換來了他的愛妻和女兒的解脫。他是長影廠第一位因「反右」放棄生命的人。二十二年以後他才得以平反。直至今日，導演呂班的兒子呂小班每次路過寬平大橋時，都要往橋下王震之跳下去的鐵軌處看一看。今天能依然感受到這種疼痛的人，不多了。

2016年，在呂班誕辰一百周年的時候，他的兒女為父親做了一部長達十二集的紀錄片和一本書《呂班百年》。書中說：「諷刺諷刺，有刺就要紮人，被紮的人一定會疼。亂刺一通叫『無的放矢』，刺得不准叫『盲人摸象』，刺得過大叫『小題大作』，刺得不夠叫『隔靴搔癢』」。當時的呂班知道，如果觀眾不笑就是失敗，如果觀眾笑了又怕笑過頭，左也不是，右也不是，說穿了就是怕，怕弄巧成拙，怕弄得低級庸俗，怕把諷刺變成污蔑……呂班既不敢故弄噱頭，又不敢讓大家多笑，前怕狼後怕虎，束手束腳地「帶著腳鐐跳舞」，總算把片子拍完了。可他的遭遇卻在長影人心中留下陰影，一些藝術家們輕易不敢涉足諷刺喜劇，他們瞻前顧後，謹小慎微，不求藝術有功，但求政治無過。從此，呂班拍的《未完成的喜劇》真成了未完成的喜劇，以後真的沒有諷刺喜劇了。

1957年的嚴冬。呂班的《春天喜劇社》主要策劃人何遲被下放農村，曾經累得暈死在稻田；長影小白樓轉眼變成「小白樓俱樂部」，「小白樓反黨集團」揚名全國。

四十四歲的呂班被打成右派後孤獨地坐在長影的鍋爐房門口，叼著賀龍送他的那個深紫色煙斗，默默地用力吸一口吐一口。這個天生的「樂天派」從此沒了笑聲。燒鍋爐，搬道具、裝煤渣，卸卡車，長影最苦的活兒他都幹遍了。寒冷的冬天，他在北風吹起的煤煙粉塵中劇烈咳嗽不止，直到咳跪在地上。卡車司機老劉把他攙進駕駛室，然後替他把一卡車煤渣全卸掉。原來呂班與廠裡的許多工人關係都不錯。有一次拍片老劉在呂班導演的攝製組工作，正遇妻子得病，呂班非讓老劉回家照顧病人還給他塞了錢，老劉始終難忘。後來老劉遇到呂班的女兒小甯，他歎道：「呂班最大的錯誤就是沒離開長影廠。」

1969年，呂班全家面臨一個抉擇：如果家人跟著呂班下鄉，全家人就是「右派家屬」、「黑五類分子」；如果跟著呂班妻子下鄉，子女們就是「五・七」戰士。思前想後，老兩口覺得唯一的出路只能離婚，讓孩子們與父親分手。那天呂班的小女兒看見父母在操場的籃球架底下生離死別抱頭痛哭。生性開朗愛說愛笑的的呂班此時悲痛到極點。

呂班被押到農村勞動改造。在電影《平原遊擊隊》扮演李向陽的演員郭振清擔心呂班到農村受欺侮，說要憑著他的臉保護老師，便陪著呂班去農村。村子的大人小孩一看「李向陽」來了，一下子便圍了上來，郭振清大聲喊：「我是李向陽，這是我的老師呂班。」樸實的東北農民搞不懂「右派」是什麼意思，只看到眼前的呂班為老鄉們針炙，打鐵，幫生產隊修農機，還特別會講故事……生產隊長便帶頭和呂班交上了朋友，老鄉們更是對他百般照顧。呂班畢竟是個「天生的喜劇人物」，他嚮往的喜劇變成了悲劇，他卻有本事把生活中的悲劇再變成喜劇。

村子裡有一位年青人喜愛照相，幾乎天天晚上到呂班的小屋聽他講拍電影的故事。好幾次呂班深夜心臟病發作，都是這個小夥子把他送去急救。這位小青年為在農村改造的呂班拍下了晚年唯一一張照片。

呂班在農村的唯一照片

早在延安時期，呂班曾被當作「雙料特務」關起來。這時他初生不久的女兒得了肺炎，妻子林怡不眠不休幾晝夜。此時又傳來呂班要被槍斃的消息。林怡當然知道呂班不是特務，找組織替他分辯，還跑到關押所大聲喊著：「呂班，我相信你，我等你！」禍不單行，呂班和林怡那個還不到兩歲的女兒「太平」，在「我要爸爸」的微弱的呼喚聲中離開了人世……

林忻，這個風華正茂的八路軍女戰士，一個幸福快樂的年輕媽媽，一個溫柔如水的妻子，轉眼間成了特務頭子的老婆，成了「道德敗壞的女妖」！她失去了女兒、失去了丈夫、失去了一切！

入夜，林怡抱著女兒小小的身軀，一個人走向村東的漚麻池，縱身一躍……

二十四歲的林怡走了。呂班卻什麼都不知道，仍然處在不斷地提審中。

很久後呂班才知道事情真相，為此留下了他心中永遠的痛。

十多年後在農村改造的呂班為了孩子們與第二個妻子離婚。他想他的家人，想與子女們團聚，可一切只能密秘進行。先請可靠的人傳遞消息，然後大家偷偷摸摸聚到約好的地點。每次見面家人都報喜不報憂，因此子女們對呂班的身體情況並不瞭解。被迫與呂班離婚的妻子就在附近的招待所上班，可他們始終不敢見面。禍不單行，這期間在長春機車廠工作的呂班的大兒子呂小班工作中出車禍失去了雙腿，這個破裂的家庭再次受到沉重打擊。逆境中成長起來的呂小班、呂小寧沒有倒下，他們頑強掙扎著尋找活下去的出路。1976年，呂班在農村心臟病發作，他十七歲的三女兒一個人將父親送到城市醫院。因怕風燭殘年的父親承受不住打擊，大兒子呂小班始終沒敢來看父親，妹妹謊稱哥哥出差並安排嫂子來見呂班，同時女兒也抱著呂班的小外孫來看姥爺。見兒子有了媳婦，女兒有了兒子，呂班很興奮。沒想到當天晚上心臟病發作沒搶救過來，那是1976年11月14日，在人們歡慶「四人幫」垮臺的鑼鼓聲中呂班悄然離世，他沒有等到平反昭雪的一天。

出殯的時候，失去雙腿的大兒子呂小班坐在手搖車上，被人推到太平間，父子終於相見。小班用手撫摸父親的臉，麻麻的，父親早已被凍僵了……呂班沒有等到平反，沒有等到家人團圓。留給他的，是抹不去的記憶的傷痛，是百思不解的迷茫。

1980年，呂班的大兒子呂小班、二女兒呂小甯決心要為父親解決平反問題。呂小甯知道父親的許許多多老戰友「文革」後紛紛平反，反右擴大化問題也逐漸得到甄別，可是呂班問題依然石沉大海。小甯抱著小兒子，在丈夫陪同下直奔北京，開始了漫長的「平反」征程。他敲開呂班一位戰友的家門，再從他那找到第二位，第三位，如滾雪球一般，越找越多……這些剛剛被解放的老同志個個眼含淚水，在小寧拿著的那張要求給呂班平反的請求報告上顫動著手簽上了自己的名字。這張偌大的紙上，密密麻麻地竟留下了三百七十名老同志的名字。

三百七十人，可見呂班的人氣，三百七十名老戰友為他請願！

三百七十人，呂小寧也用盡了她的力氣。她誓為父親昭雪的決心，令天地動容！很快，中央有關部門在這張「簽名報告」上作了批示。呂小甯馬不停蹄回到長春，把「報告」遞交長影。可北京的批件進了長影便沒了消息。

三百七十人的簽名，全廢了。

呂小寧沒有恢心。她決定二上北京。

這次她直接敲開時任中央軍委常委羅瑞卿家的大門。羅瑞卿是呂班的入黨介紹人，他一直沒有忘記當年那個歡快幽默、大名鼎鼎的呂班。羅瑞卿喜歡呂班，是因為呂班的才華，他的性格，和他對革命事業的忠誠。

呂小寧個子小，掂著腳伸直脖子朝羅瑞卿家的院子裡大聲喊羅瑞卿愛人的名字：「郝治平阿姨，我是呂班的女兒……」門衛一聽叫「阿姨」，即刻放行。於是延安時期的老革命與他們的下一代相擁而泣。

早在1938年，年輕的呂班剛到延安，是羅瑞卿接待了他，並寫條告訴下屬安排呂班到延安魯藝報到。四十二年後的這一天，羅瑞卿再次為呂班寫信。第二天，呂小甯拿著羅瑞卿寫給時任吉林省革委會主任王恩茂的信回到長春。信中不但講了呂班平反問題，還特別提出解決呂班子女的工作安排問題。幾天後，呂班一家終於等來了他們夢寐以求的平反昭雪通知書。

是我把呂班被平反的消息告訴父親林杉的。當時是在北京家中，他聽後好半天沒說話，然後悵然苦笑：「嘿，二十三年的生命，一張紙，就交待了……」

是呀，一張薄紙，輕輕抹去了二十三年的所有苦難。

廠領導說家屬有任何要求都可以提出來。呂小寧說，沒有別的，只希望能在呂班七十周歲生日時開一個紀念會。這時離生日只有三天時間。紀念會如期召開，嚴肅，隆重。橫幅上寫著：「懷念著名電影導演藝術家呂班同志座談會」。因為呂班是文化部唯一的極右分子，紀念活動來得最晚，也最沉重。時間太急，許多呂班生前的戰友和朋友都無法趕來參加紀念活動，於是悼念信如雪片般飛來——黃鎮、陳再道、楊白冰、呂正操、陳荒煤、丁嶠、林杉、李默然、田華、于藍、郭維、郭振清、陳懷皚、張駿祥……

他們把遲來的悼念，寫給了這位想把笑聲傳給大家卻最終沒能笑起來的朋友——呂班。

繼呂班被打倒後，儘管人們對拍喜劇片還心有餘悸，可是喜劇以她不屈的生命力，如春天的幼苗拱土發芽，一部部喜劇影片依然相繼誕生。

1963年12月，長影導演嚴恭拍了喜劇《滿意不滿意》；轉眼間，「八一」廠拍了喜劇《哥倆好》；緊接著，長影拍了輕喜劇《我們村裡的年輕人》……

「文革」後，呂班的三部喜劇電影被認為是今天「反腐倡廉」的銀幕代表作。這是他拼盡餘生等來的肯定。喜劇片電影蓬勃發展，如一朵別致的小花在春天裡怒放。不管是否成熟是否完美，它都以無可爭辯的票房一再證明：世界離不開喜劇！

可惜這一切呂班都沒有看到。否則，他一定會笑的，他一定會興致昂揚地拍出更好更成熟的喜劇片。

從1949到1957年，八年間呂班完成了十部電影導演作品。「反右」以後的十九年，他無一部作品，最後妻離子散。

風雨小白樓

2015年深秋，東北長春的氣溫已逼得你不得不把脖子縮進大衣的領口。幾位同行的朋友受不了寒冷一頭鑽進寫著「長影舊址博物館」的大門。我卻凝視著橫在空中的「長春電影製片廠」七個大字止步不前。一抹淡黃色夕陽照著門前高高聳立的那尊白色毛澤東塑像。我不得不仰視他，是因為他足有十幾米高，右手高舉著指向遠方，左手背在身後，風兒牽動著他的風衣，胸有成竹，氣宇軒昂。

繞過高高的塑像，我獨自一人向廠裡的東北角走去。是東北角，那條通往小白樓的幽徑如今已被泥土和枯葉覆蓋。長影小白樓，當年接待廠內外編劇、作家的日本式建築，它隨著一部部電影大作出世而揚名，是眾多電影劇作家、導演粉墨登場的舞臺，也是許多人藝術生涯的起跑線。上世紀五、六十年代，它特有的靜謐和恬淡的藝術氛圍托起了一部部優秀電影。可如今，這裡已人去樓空，衰草淒淒；原來那削著刀痕裝飾紋的潔白牆面已變成土黃色，房頂黑色方形椽木也變得愈加灰白。越向前走，越感到心裡抽搐地冷。漸漸地，那座熟悉又陌生的二層小樓出現了——再沒了綠樹掩映的窗幾。沒變的，依然是它的神秘，它的韻味，它的淒美的詩意。這個電影家的集結地，如今似江河日下，生

長影大門

生將酸酸的失落和悵惘傳遞給我。八歲時父親把我從上海接來長春，我曾在小白樓住了好長時間，我的童年曾在這裡停留。長大了我才知道，這裡停留更多的，是父親和他朋友們的歡欣，痛苦，嚮往，和無法湮滅的激情……

小學四年級，一天，一個大個子叔叔出現了。他寬闊的前額，頭髮向後梳攏，高鼻樑，厚嘴唇，擺動著有力的雙臂，笑吟吟，好氣派！然後一屁股坐到父親身邊的沙發椅上。

他倆坐在一起有點滑稽，一個魁梧高大，盡顯雄風豪氣；一個清瘦矮小，頗似書生俊秀。後來我才知道，撲面而來的大個子叔叔是父親最至誠的朋友，他五十七歲便早早去世，他讓父親深深懷念，痛心泣血——他叫沙蒙。

林杉和沙蒙是因為《上甘嶺》走到一起的。

1953年10月，朝鮮戰爭結束，硝煙尚未散盡。此時正在文化部電影局工作的林杉隨賀龍帶隊的赴朝慰問團到了朝鮮。在志願軍司令部駐地，他有機會參觀了一個志願軍作戰展覽館，展出的每個沙盤每件武器都讓他心動。

電影藝術家　沙蒙

上甘嶺高地類比模型

當參觀人群擁擠到一座說明上甘嶺戰役的龐大模型前時，一位滿臉稚氣略顯羞澀的十八、九歲的小戰士以自己的戰火經歷，用樸素的語言描繪了他和戰友們如何在坑道裡熬過了二十四個晝夜，如何跟頭頂上的敵人作戰，如何戰勝渴與餓的威脅，在敵人的炸藥包、火焰噴射器、毒氣彈下面生存，為大反攻贏得了時間，成功奪回了「上甘嶺」高地……

小戰士的介紹引起林杉注意，他怔怔地看著這位靦腆的小戰士，瞬間產生了在銀幕上再現上甘嶺戰役的欲望與衝動。

半個世紀以後，林杉在他的著作中寫道，「這位青年戰士為我的創作深埋下一顆種子。這顆種子對整個創作十分重要，它會幫助作者反覆檢驗自己是否離開了最初的創作衝動——是來自真正的生活感受還是來自某種概念，以防止自己埋入概念化公式化的泥土中。」

林杉這裡說的「種子」，實際就是一個創作「動機」。這裡的「動機」是借用了音樂創作中的一個概念。動機在音樂結構中是很小的單位，音樂家在作曲時往往受幾個音符的啟發產生靈感

林杉和上甘嶺戰士們合影

寫出作品，啟發創作的「幾個音」便是「動機」。於是，小戰士的講述便成為林杉創作《上甘嶺》的「動機」。他一生都在感念這位小戰士。

三個月後，1954年初，林杉從朝鮮回到北京，遇見長春電影製片廠導演沙蒙，不禁喜從中來。

沙蒙，原名劉尚文，河北省玉田縣孫各莊鄉劉現莊人。1907年11月2日沙蒙生於一個農民家庭。早年讀私塾，從師李秉鈞（清朝拔貢）。1919年到北京北師大附小讀書，1922年考入法文高等學校，受「五四」運動的影響，投身學生運動。1925年，因參加為「五卅」運動受害者募捐活動受到留級處分，便憤然退學。在東北期間，結識了著名詩人塞克。在塞克的影響下，沙蒙逐漸萌發了從事文藝的志向。1933年3月，他進入上海美術專科學校學習並結識了趙丹、王為一、徐韜、呂班等人，不久便加入了共產黨領導的左翼戲劇活動，還參加過《太平天國》、《羅密歐與茱麗葉》，《大雷雨》等戲的演出，參加過《都市風光》、《夜半歌聲》、《十字街頭》等影片的拍攝。他懂法語和俄語，曾翻譯過高爾基的短篇小說、巴拉希的劇本等。1944年沙蒙與妻子歐陽儒秋奔赴延安，組織各類革命戲劇表演，獲文藝界模範工作者獎。第二年擔任了魯藝實驗話劇團團長，同年12月加入中國共產黨。1948年進入東北電影製片廠。

剛從朝鮮回來的林杉此時已經完成了《呂梁英雄》、《劉胡蘭》、《豐收》三部電影劇本創作；而沙蒙也已經導演了《趙一曼》、《上饒集中營》、《豐收》三部影片，《豐收》還是他們兩個人的初次合作，可謂惺惺相惜。林杉把沙蒙拉到他在電影局招待所的房間，關好門，極力平靜著自己，儘量平緩地、詳詳細細地敘述在朝鮮的感動，上甘嶺的震憾……

沙蒙安靜地聽著，忽地站起來說：「驚天地泣鬼神呀！」大手一揮：「走，我們去朝鮮！」

1954年春天，林杉和沙蒙向朝鮮出發了。他們一高一矮，一壯一瘦，走在一起看上去不怎麼協調，卻共同邁著雄赳赳氣昂昂的步子。最大號的志願軍棉軍服穿在沙蒙身上依然左支右絀，他抻抻上衣，拍拍褲腿，嘻嘻地笑，像個孩子。他患有心臟病，還是一口氣爬上了五聖山，站在「上甘嶺」頂峰，頗有英雄出山、燕趙男兒的氣概。

四下望去，上甘嶺高地到處佈滿了密密麻麻的彈坑，所有的石塊都被炸成了粉末。以美軍為首的聯合國軍在這個只有三點七平方公里的主峰陣地動用了三千多門大炮，一百八十多輛坦克，三千多架次飛機，用一百九十多萬發航彈、炮彈，把山頭削去了整整兩米。當時雙方投入兵力達十一萬之多，僅美軍就扔下上萬具屍體，敵我雙方的炮火又將這些屍體一遍遍地炸成碎末。

林杉和沙蒙蹲到地上抓起一把土細看，土粒裡面看得見彈片和碎骨。細沙順著他們的指縫灑落在腳下。林杉一言不發，沙蒙驚得一屁股坐到地上。

上甘嶺戰役發生在朝鮮中部的五聖山，海拔一千六百多米，戰略位置至關重要。據史料記載，志願軍司令員彭德懷曾指著朝鮮地圖對十五軍軍長秦基偉說：「五聖山是朝鮮中線的門戶，失

真實照片
上甘嶺高地

掉五聖山，我們將後退二百公里無險可守。你要記住，誰丟了五聖山，誰就要對朝鮮、對歷史負責。」

當代的一位軍人曾經撰文：《遺忘的戰鬥——上甘嶺》。他這樣評價「上甘嶺」戰役——「在單調的世界戰爭史上，只記載著這場戰役的簡單的經過：世界上最強大、裝備最先進、剛剛取得世界大戰勝利的美國軍隊，率領二十國聯軍，以前所未有的猛烈炮火和激烈進攻——差不多有著兩千年前波斯王縱橫天下的霸氣，與衣衫襤褸、武器簡陋而士氣高昂、視死如歸的中國軍人決一死戰。」

用今天的視角看這場朝鮮戰爭，是有爭議的。朝鮮戰爭是怎樣爆發的？聯合國為什麼要派以美國為首的聯軍奔赴朝鮮？中國為什麼要出兵……這些長達七十年的疑問至今也沒有作出公開的歷史考證。作為林杉和沙蒙兩位電影工作者，他們不可能也不允許他們去思考，他們看到的，只是眼前上萬名中國兵士的屍骨葬身在異國他鄉幾平方公里土地上的血淋淋的事實！

林杉與沙蒙從志願軍司令部一直深入到基層，閱讀了近百萬字上甘嶺戰役的資料，前後在部隊生活了近兩百天，採訪了五十七名指戰員。他們和戰士們睡在一起，吃在一起，感受著普通戰士的精神世界。他們一起在一千米的五聖山上下攀援；在低矮、潮濕，抬不起頭、直不起腰的坑道裡摸索。他們又在當年黃繼光烈士（電影中通訊員楊德才原型）犧牲的地點默默佇立良久，觀察了他撲向火力點必須經過的那條陡直的山坡，揣摩這位青年英雄在幾次身負重傷以後是如何一步步前行，最後又如何將自己年輕的胸膛擋住了機槍口……兩個人站在那裡，潸然淚下。

當他們傾聽五十多位官兵敘述那些神話般的英勇事蹟時，他們手在記，淚在流；黃繼光的連長談了六個小時的黃繼光，他們陪著連長一起落淚；當他們從多得數不清的素材中提煉出「典型」，卻不得不忍痛捨棄更多的英雄事蹟時，理智的判斷仍擋不住他們的淚水。當考慮整個影片所需的主題時，他們認為山頂的英雄事蹟已無須提煉，每一處都是凝煉的主題。

沙蒙感慨地對林杉說：「那些做了這樣偉大業績的人，在回憶往事時竟然覺得自己沒做什麼似的。」他在採訪日記中寫道：

《上甘嶺》主創人員在朝鮮
右一林杉　左一沙蒙　中間曹欣

長影小白樓《上甘嶺》
劇本在這裡誕生

「深入戰士們的靈魂，就理解了這個偉大時代，理解了千百萬具有各自特徵的願望、感情、道德面貌的人。」

很快，一部被同代人稱作「具有超時代魅力」的電影作品，開始在他們心中醞釀並走向成熟……

從朝鮮回來後，林杉和沙蒙住進了長影小白樓，自此小白樓成為他們共同創作的最好見證。

兩人住在二樓各自房間。他們每天相聚，碰撞靈感。不管是在誰的房間，都是一張床，一把椅子，一個書桌。他們相對而坐，傾心而談。安靜的小白樓有了新的節奏。夏天樓外的鳥啼和冬日飄落的白雪都屏住呼吸，生怕打擾了兩位創作者的思緒。林杉發現沙蒙做事十分精細，他翻閱過沙蒙二十多萬字的採訪筆記，一筆一劃，一字不苟。幾十年後我在閱讀他們的回憶錄時也細心注意到，他們在藝術見解上幾乎達到了高度一致。

林杉和沙蒙共同認為，敢於面對戰爭的血腥與殘酷，不回避戰爭的苦難和死亡，有分寸地用真實的畫面衝擊觀眾的感觀是需要拿出勇氣的。比如影片中坑道裡的戰士光為到山下取水就不知犧牲了多少人；師部派五位戰士向坑道送食品，途中就犧牲了四位；連隊通訊員小楊年僅十八歲，年輕帶有稚氣，他天天記日記對未來生活充滿憧憬，可是在最後他卻將胸膛堵在了敵人的槍眼上；剛進坑道時連裡有三十五個戰鬥力，最後僅活下九位……如果不敢去碰戰爭的殘酷，把敵人寫得像一堆蠢驢被玩弄於股掌之中，你打我殺像一場遊戲，既不真實，也不能「刺激」觀眾；但如果把戰爭描寫得過於可怕，也同樣會失去觀眾。

林杉說過：要把「氣勢磅礴的大規模的戰役背景與人物刻畫相結合」，為此他們進行了大膽嘗試。他們沒有像《偉大的轉折》、《列寧格勒保衛戰》那樣去全面表現這場戰爭，而是把重點放到人物身上，把戰爭推到了故事的背景。這個指導思想當時是有爭議的，慶倖的是，他們堅持住了。

寫人物，最重要的是寫出人性。

解放以來，有關人性問題一直是文化界爭論不休的問題。這場爭論一直延續到70年代的「文革」前後更推向高潮，文藝理論界把「人性論」批判得體無完膚。剛解放不久的長影，處於中國電影的發軔初期，創作思想還趨於直感與本能，加上創作人員對生活的樸素認識，把戰爭中的人物寫出人性美，這不能不說是來自生活又回到生活的本能的審美追求。

《上甘嶺》並未回避寫主人公連長張忠發的缺點甚至錯誤：他暴躁的脾氣，對上級命令的不理解所表現出的焦躁不安，不顧身份擅自衝出坑道……以及他作為一個人的人性最本能的訴求：在指揮關鍵時候他習慣向通訊員要水壺，他和戰士認真研究戰士

沙蒙拍《上甘嶺》時工作照

的「小愛人」為什麼要在小辮上紮一個紅布條，在渴得最艱難時他和一排長一起回憶家鄉的那口水井……如果說戰爭片裡的炮火連天可以打動觀眾的話，那麼更給力的，應該是這些充滿活生生人情味的細節！

——在嚴重缺水的坑道裡，一個傳來傳去誰也捨不得吃的蘋果，一排長沙啞的嗓音給大家講「望梅止渴」，戰士們一窩蜂用軍帽捕捉小松鼠，以及戰鬥結束時王蘭把松鼠放到燒焦的樹上還它自由……正是有了這些充滿人性美的感人細節，影片才走進千萬人的心裡。

在導演《上甘嶺》全過程中，沙蒙強調，《上甘嶺》的風格，應該是「莊嚴、瑰麗、驚心動魄、樂觀、抒情，要求有深刻而強烈的情緒，樸實而細緻的刻劃」……。林杉太欣賞沙蒙這種風格樣式的定位了。說實話，沙蒙對影片風格的這種追求，在林杉的電影劇本中是不易充分表現的——它需要精彩的畫面，演員的發揮，連天的炮火，動人的音樂等等諸多劇本中所體現不出來的元素去補充。沙蒙在開拍前向全體工作人員提出：「要用自己

《上甘嶺》攝製組
在朝鮮拍攝

全部革命激情進行工作，決不能容忍冷漠無情，無動於衷；否則，將會使自己愧對我們的英雄形象」。在設計全片結尾處，林杉原想把「從坑道裡終於熬出來了」作為全片的高潮。可沙蒙提出將楊德才堵槍眼作高潮，林杉欣然接受，事實證明這個想法是合理的。此時林杉已感覺到，沙蒙已經逐漸為那些「驚天地泣鬼神」偉大英雄而激情滿懷，他執導的《上甘嶺》，必將充滿藝術家獨特氣質與審美理想的英雄氣概！

著名作曲家劉熾說過，中國只有兩個電影導演懂五線譜，其中之一就是沙蒙。沙蒙有著良好的音樂修養，對德國，法國音樂和中國古典音樂都有研究。更令人吃驚的是他竟按照五線譜總譜的格式來寫電影的分鏡頭劇本，在紙面上就已把握住了整個影片節奏、鏡頭、光、音效、音樂、置景、甚至服裝等畫面的全方位的流動性。沙蒙還善於繪圖，他自己用鉛筆把一些重點鏡頭畫到紙上，再交給美工去實現。沙蒙自己就曾是話劇和電影演員，他在攝影機前對演員進戲的把握，多少年後還令合作的演員們念念不忘。多才多藝的沙蒙，在電影這個綜合性藝術舞臺上，如魚得水，大顯身手！

從54年到55年，從冬天到春天，林杉和沙蒙進行了一次極為神聖的劇本寫作。他們幾乎沒有注意到小白樓的牆邊已開放出幾叢丁香花，旁邊立著的幾株杏樹、梨樹和桃樹正爭搶著享受春天的氣息。

《上甘嶺》，使林杉與沙蒙建立了深厚的友誼。它既見證了兩人共同的審美情趣，也為兩人以後設想的新的創作奠定了基礎。

1956年夏。那一天，就在《上甘嶺》電影首映儀式結束的時候，放映室裡發出經久不息的掌聲。林杉、沙蒙都哭了⋯⋯

1957年4月，《上甘嶺》在全國上映，獲得巨大成功，引起強烈震動。觀眾反映極為強烈，社會各界交口讚譽，報刊雜誌好評如潮。僅就北京而言，三十二天放映八百七十六場，觀眾達679,675人次，平均上座率高達92%以上，僅北京觀眾突破一千萬人次。這部具有時代穿透力的優秀電影作品，無可爭議地成為電影寶庫中經典影片之一。有評論說「它與同時期世界各國戰爭名片相比並不遜色」，「將中國戰爭片創作推向一個『新的高峰』。」

早在1955年末，《上甘嶺》劇本脫稿後，在北京電影局工作的林杉便要求調去長影當導演，並毅然離開北京舉家遷往長春。那時他心目中的老師，就是深深贏得他敬重的沙蒙。

林杉到長春定居不久，《上甘嶺》就開拍了。林杉是以導演之一的身份進入攝製組的。沙蒙知道林杉一心想當導演，林杉也明顯感覺到沙蒙是誠心誠意地希望他能通過一、兩部影片的實踐

長影小白樓
寫作房間

成為一名可以獨立拍片的電影導演。一個虛心學習，一個耐心指導，他們一同進行分鏡頭和選擇演員工作。沙蒙還有意識地把部分演員的試鏡頭工作交給林杉，使他能在攝影機前頗神氣地喊了不少聲「開始」、「停」，總算過了當導演的癮。

在小白樓，林杉住在一樓一個大房間裡。平時總戴著那副深度近視鏡，瘦小的身軀陷在沙發裡，用浙江口音慢條斯理地和人談話。平時大家都喜歡去他房間串門，聽他講劇本創作。別人到林杉房間來交流，林杉卻總愛往沙蒙房間裡鑽。每次到沙蒙那裡串門，幾乎都看到他高大的身子伏在桌上埋頭讀書作筆記。見林杉進屋，便順手拿起一支粗粗的紅藍鉛筆擱在書上，把書掩住。這個印象久久地印在林杉的記憶裡。林杉說沙蒙不善於辭令，很少聽到他作長篇講話。討論中發言簡短，卻切中要害，這都來自他良好的讀書習慣。沙蒙的學習範圍涉及哲學、歷史、美學、文學、音樂、美術等等，涉獵深廣，令人讚歎！

詩人、劇作家、畫家、翻譯家　塞克

早在1933年，原名劉尚文的沙蒙在青年詩人、話劇導演塞克組織的劇社當演員。當時劇社很窮，經常吃不上飯。有一天他對塞克說，你給我換個名字吧。當時塞克手中正翻一部法文字典，恰好翻到「駱駝」兩字，發音是「沙蒙」，塞克說就這個怎樣？沙蒙立刻說：「好，就這個吧」。

後來塞克在回憶文章中說，「駱駝」的意思是「任重道遠」。他認為沙蒙這個人「如駱駝般誠實、憨厚、正直而勇敢，是個大材料、有大成就的人，並不像一般人那樣盡弄些小聰明，可以說是個真正的人……」

林杉和沙蒙，他們因《上甘嶺》走到一起，又因《上甘嶺》成為藝術上最貼心的朋友。《上甘嶺》的創作實踐證明：無論是創作思想、審美意境、甚至是風格趣味，兩個人都有相似之處。他們相互把對方看作是藝術上的知已。

一次在討論未來長遠創作規劃時，林杉提出了一個醞釀了幾年的個人創作設想：以幾個主要人物貫穿始終，用四部影片表現中國革命從新民主主義時期到社會主義革命和建設時期幾十年風雲變幻的歷程，初步定名為「中國革命四部曲」。這個設想當即得到了沙蒙的支持。他鼓勵林杉說：「我相信你能寫好，這是非常有意義的。」又說：「我後半輩子就拍這四部戲了，我們終生合作吧！」然後他又懇切地說：「我入黨遲，政治上你對我多幫助」。沙蒙長林杉七歲，林杉總以兄長相待，知道他從不善於矯飾，很少講違心的話，因此在聽到「終生合作」四個字後，深為感動。自此，「中國革命四部曲」就成為他們今後電影創作的總構思、總主題。

在沙蒙去世後的1984年，飽受政治磨難的林杉懷著悲痛失落的心情寫下一篇懷念沙蒙的追憶文章——《憶沙蒙》。文中寫道：「我慶倖得到了一位志趣相投的創作上的合作者，更慶倖獲得了一位可以結交為朋友的朋友」。

長影，在人才輩出的年代，誕生出許多像呂班、沙蒙這樣的大師級導演，並在全國培養出一批批林杉這樣的創作人才。

可是解放後的長影才走了五、六年，就遭到一連串沉重打擊。

1951年，毛澤東關於電影《武訓傳》的批判，引出了「加強電影生產管理」的決定，加強的辦法就是把劇本審批權收歸中央。因此成立了由江青和王震之等人領導的「電影劇本創作所」。長影的生產任務完全由文化部下達指令，而劇本則一律由「劇本創作所」提供。這一管就把電影生產管死了。

1951年，長影拍攝出了當年全國唯一的一部故事片《鬼話》。

政治風雲的變幻無常，使長影、上影、北影逐漸演變成由部局領導和黨委決策的、較為單一的製片機構。三個廠被動接受任務，實施黨的領導下集體主義的計畫生產、集中統一的管理制度。結果下面寫劇本文化部定好壞，誰來當導演由電影局統籌安排。據說有一個劇本是不是讓男女主人公相愛也要由電影局說了算。

這種尷尬，幾乎伴隨長影幾十年。

1956年4至10月，北京電影局召開了一個別開生面的電影製片廠廠長會議，三個電影廠的領導全部到會洗耳恭聽。會上聽取了蔡楚生等人赴法國、義大利、英國、南斯拉夫、瑞士、捷克等歐洲國家考察的彙報。很難有機會出國看一看的國內藝術家們算是開了眼界。這次會議決定，對以蘇聯模式建立起來的電影廠的組織形式和領導方式要進行重大改革，提出了「以導演為中心，自選題材，自由組合，自負盈虧」的新的電影生產管理模式。

消息傳開不說是春風化雨也起碼是春雷滾滾，各電影廠創作人員奔走相告喜不自禁！

今天看來這「三自一中心」已不是什麼新鮮東西了，可當時對舊電影管理體制無疑是一種宣戰，而且已發展到今天的「自負盈虧自立門戶自產自銷」的影視「製片人」制度。這種改革表明，不論是「導演中心」還是「製片人」中心，都意味著權力下放，減弱行政管理力度，讓內行走到前臺，調動人才積極性的一次管理上的大進步。作為全國三大製片基地之一的長影廠首先作出積極響應。廠長副廠長立即向當時的吉林省委書記吳德和省委宣傳部宋部長作了彙報。至今有人還清楚記得，當時的宋部長躍躍欲試，在吳德的助力下大力支持長影改革。他們最關心的是，北京電影局能把權力下放到吉林省委。

宋部長那年不到三十歲，有一身的才幹。他能說，能寫，有理論，懂文學，通戲劇，書法好，喜繪畫，作為省委宣傳部長，真是太合適不過了。宋部長愛惜人才也是出了名的，那時在吉林省不論是文學界，出版界，音樂美術界，戲劇戲曲界……只要與文化有關，就都會留下宋部長嘔心瀝血的關愛。

那是一個讓許多長影人總也忘不掉的一年。宋部長憑著他的聰明敏銳，意識到如果長影生產體制得到改革將對東北的電影發展有著無可小覷的意義。他在大會小會演講，到小白樓裡與大家促膝談心，鼓勵編導們開動腦筋，並提出成立「創作集團」的大膽設想。他還從省委的角度提供了多方面支持，號召大家打開思路，獻計獻策，乘著改革的東風把電影管理體制搞活。歷史證明，宋部長當年做的這一切無疑都是對的。隨後，長影廠立即著手按照省委指示，制定改革的具體方案，然後再反來覆去斟酌討論。

小白樓，平日的創作基地，這一會兒變成了吹響改革衝鋒號的陣地。東北的初冬乾冷乾冷，被吹落在地的黃樹葉早已不知了去向。冷風敲打著小白樓的窗櫺，窺見樓裡是熱火朝天，熱氣騰騰……

被宋部長鼓動得熱血沸騰的導演沙蒙、呂班、郭維等人在小白樓裡「上竄下跳」，精心策劃，最後在全廠第一個帶頭準備成立以沙蒙為首的「以導演為中心，自由組合、自選劇本、自負盈

風雨中的「小白樓」

虧」的「三自一中心」的創作集體，起名為「創作研究室」。此時林杉雖然出差在外，也自然被舉為骨幹力量。

此時正在廣州采風的林杉，按照他和沙蒙的計畫著手搜集上海起義、廣州起義以及第二次國內革命戰爭時期的資料，為「中國革命四部曲」作準備。那是1957年的5月，當時他並不知道廠裡發生的事情，可他聽到了來自北京的一系列不尋常資訊：

這一年的2月27日，毛澤東在最高國務會議第十一次擴大會上發表了《關於正確處理人民內部矛盾的問題》的講話；

6月8日，《人民日報》發表了題為《這是為什麼？》社論；同時，中共中央發出了《組織力量，反擊右派分子的倡狂進攻》的指示……由此，一場全國範圍的「反右鬥爭」開始了。

中央掀起的反右運動風暴吹到長影，小白樓立即喑啞無聲……人們把不解、疑惑、思索、不安的目光投向了吉林省委。

曾經熱情積極鼓勵長影廠編劇導演成立創作集團、實現「以導演為中心」的吉林省委宣傳部宋部長此時突然來了個華麗轉身變了面孔。（一些文章中用了「搖身一變」這個詞）。他宣稱要「回應中央的部署」，「與所有的藝術家們劃清界線」，然後夥同長影廠長一起，開始圈定長影「右派」黑名單。

只是在一夜之間，改革的衝鋒號還沒吹響，「反右」的號角卻響起來了。正在熱火朝天研究改革的長影小白樓猶如突然掉進了一個冰窟窿，從外到裡涼了個透，還「磁磁」冒著冷氣。根據省裡的統一部署廠裡全面開始了「反右」運動，一下子把沙蒙呂班等全部打懵。此時正在修改的「改革方案」被束之高閣，「創作集團」還沒成立就沒了蹤影，沙蒙的「創作研究室」連一個全體會都沒開上便土崩瓦解，那幾個令人嚮往的「自由組合、自選劇本、自負盈虧」的「自由」轉眼變成了「要脫離黨的領導」、「與黨分庭抗禮」的罪名。「創作自由」，被定性為「反黨」、「反社會主義」，沙蒙、郭維、呂班等被定為「小白樓反黨集團。」

對於省委宣傳部、長影廠這種不實事求是、翻手雲雨的做法，沙蒙倍感憤怒、傷心、失望。他氣得將手中的茶杯摔在地上，憤怒地對領導說：「以後你們講話得拿答錄機錄下來，不然你們不認帳！」

就在這一年春天，沙蒙曾為拍攝林杉的劇本《黨的女兒》去江西采風和選景。他用低緩激動的聲音對同事說：「到江西老蘇區走一趟，我決定了，我這一輩子就拍黨的鬥爭歷史題材，就塑造這樣的人物。是千百萬這樣的人流血犧牲才換來了新中國。《黨的女兒》是第一部，是開始……」

而到了秋天，沙蒙忽然成了第一個被揪出的「右派」。反右批鬥會上有人指著沙蒙說：「資產階級的製片商為了票房價值也可以拍革命內容的影片，你們聲稱要反映黨的鬥爭歷史，塑造工農兵英雄形象，還不是為了你們名利雙收，為了你們的一千萬人次上座率……」（《上甘嶺》在北京放映時觀眾達一千萬人次）

站在前面挨批的沙蒙把臉轉向窗外。窗外烏雲密佈，氣壓低得讓人喘不過氣來——天要下雨了。

只聽「喀嚓」一聲，沙蒙把手上的煙嘴捏斷了。

隨著沙蒙被揪出，很多人又接著受到牽連，首當其衝的是林杉。林杉在他的回憶裡寫道：當時他正在廣州，有一天從朋友那得知「長影沙蒙被打成右派了」，消息如同五雷轟頂，他無論如何無法接受。緊接著他被火速召回長影廠。

那一天林杉懷著忐忑不安的心情走進廠部大會議室，一眼就看見高大槐梧的沙蒙正低著頭，一個人坐在第一排的椅子上。這個曾經在朝鮮戰場上落淚，曾經在《趙一曼》、《上甘嶺》拍攝現場叱吒風雲的大導演，現在猶如一個罪人，在等待命運的安排。後來林杉在他的書中寫道：當時他怎麼也不能相信像沙蒙這樣的人，一夜之間竟由同志變成了敵人。

一天的批判會結束了。林杉和沙蒙回到了小白樓。還是那個房間，還是那一張床，一把椅子，一張書桌，他們相對而坐，默默無言。夕陽早就退去，院子裡靜極了，連近處的小樹林和地上的荒草都蒙上了哀傷的暮色。兩個人一直沒有說話，就這樣坐著，面對面坐著。半個世紀後父親對我說，那天相對無言的情景，多少次出現在他的夢中……

最荒唐的是因為右派名額不夠，硬是把著名演員方化也拉出來頂名額。方化在呂班《未完成的喜劇》中扮演了一個外號「一棒子」的文藝批評家，因此讓他揭發呂班罪行。方化揭不出來，接著又讓他揭發市文化部門的一位領導，他也揭不出來，便認定方化與右派界線不清將其打成右派。右派名額還是不夠，於是又把剛從音樂學院畢業的一位年輕作者也算上去了，理由是他曾經讚揚過他的一位老師，而那位老師是個右派……這些在嚴酷政治鬥爭中沒有任何思想準備，被打得暈頭轉向的編劇導演演員們，昨天還躊躇滿志制定創作計畫，轉眼就成了階級鬥爭的「階下囚」。當他們叫天不應喚地不靈的時候，他們多麼盼望能有領導來保護他們，來幫他們澄清所有的是非，來替他們擋住莫須有的子彈和炮火。可是此時的宋部長和吉林省有關領導繼續忙著大會小會研究圈劃「黑名單」，下決心要把長影的「反右鬥爭」進行到底。如果當年的宋部長能從這人命關天的政治絞殺中有所醒悟，那麼也許能救出更多的人並得到人們的諒解。可是沒有，長影反右鬥爭進一步擴大化，前後有二十九人先後被打成右派。

沙蒙被定為右派後，遭受的第一個折磨是挨餓。據同是右派的郭維回憶：「他每天吃不飽，一個月只給十五、六元工資。很豐滿健壯的人，體重一下減少七八十斤。後來被下放到制景車間，一個大高個兒坐在那裡呼哧呼哧糊紙盒，工人很同情，不讓他累著。後來又讓他到編輯室看稿子，沒有人同他說話。他告訴我，編輯室人都很嚴肅，不理我。我說你是右派誰敢跟你說話！你放心，過兩天就讓你回家看稿子。幾天後果然讓他回家看稿子了。」

自反右以後，那個被稱作藝術家搖籃的小白樓更加名聲顯赫。「小白樓」三個字被頻繁印在全國報刊上，變成一些藝術家中箭墜馬之地。在罹難者中，最著名的藝術家，當屬沙蒙了。

1959年，因沙蒙的妻子，著名演員歐陽儒秋帶著兒子住在北京，沙蒙就一直住在長影小白樓裡。那年的冬天格外冷，躲在長影後院稀疏樹林的小白樓異常清靜，四周沒有人影，林地厚厚的積雪斷斷續續留下鳥兒的爪印。走進樓裡，空蕩蕩，冷清清，雖有暖氣，走廊裡依然陰森森。原來鬆軟的猩紅色地毯早已不知了去向，人踩著陳舊的木地板發出咯吱咯吱響聲。反右劫難剛過去兩年，創作隊伍還遠遠沒有恢復元氣，這是小白樓人氣最衰弱的時候，只有一個老工友和一位打掃衛生的大嫂照顧這個奄奄一息的招待所。

順著長長的走廊再往東走，沙蒙就住在裡面的一間房裡。連那位大嫂都知道因為沙蒙是「老革命當了右派」，廠裡依然照顧他，沒有發配他去勞改。可實際上他基本被剝奪了與人交往的權利，以前的好友、同事沒有人敢與他接觸。他每天懷著寂寞孤獨的心境，躲在小白樓自己的房間裡不聲不響。

1960年寒冷的早春，著名作家葉楠到小白樓修改《甲午風雲》劇本，廠長亞馬告訴他黨委決定讓林農作導演，但為了加強創作力量，決定要沙蒙做「隱名顧問」，從文學劇本的修改到導演分鏡頭，沙蒙都要介入，但只限於提建議，建議也只是作參考。幕後的沙蒙不掛名，而且要保密。

沙蒙接受了，他忍受著不平等，扭曲著自己的尊嚴。而作為廠裡，這已是對一個右派最優惠待遇了——起碼讓他參與創作。

1930年出生的葉楠那年還不到三十歲，他心裡充滿了對沙蒙的同情。他沒能理解這場政治運動的本質，也無奈於當下沙蒙的處境。葉楠曾歷任河南軍區軍政幹校參謀，海軍政治部創作室主任，文學創作一級作家，中國作家協會理事，電影家協會理事等。他寫了《唐明皇》，《巴山夜雨》，還有這個《甲午風雲》。一直到他兩鬢斑白，也始終難忘自己年輕時和沙蒙在小白樓一起改劇本的情景。2001年，他用深情的筆調寫下回憶文章《沙蒙在風雲中》，發表在《人民文學》2001年第三期。

葉楠在文章中說，當年他是懷著崇敬的心情聽取沙蒙意見的。他每天寫一篇就送去讓沙蒙改一篇。沙蒙很喜歡這樣的合作，因為每天都能有人和他說話了。在給劇本提意見時，沙蒙不敢多寫一個字，生怕有什麼寫錯了又被人抓住。他只是在某一行下面用鉛筆劃些道道讓葉楠去悟。於是葉楠像猜謎一樣使勁想他劃道道的含意。好在葉楠連猜帶悟基本能理解沙蒙的意思並認真作了修改，他再給沙蒙送去時，常能看出沙蒙為他的悟性感到滿意。他在暗自慶倖的同時也感到無比悲涼。

他們就這樣像打啞謎似的你來我往。

葉楠在文章中還寫道：「我能感覺到，他（沙蒙）太懼怕孤獨了，雖然他與我相處極為謹慎——他很少與我交談，有時，為了禮貌，他以極簡短的詞彙應對，即使如此，他還是喜歡每天和我在一起的機會，願意與我默默相對，畢竟當時我是唯一的一個可以與他交談而不會為此釀禍，導致我倆受批評受懲罰的人。這也是他每天願意看劇本片段的原因……過些天，我們相處熟了，晚飯後，他再不是在他的房間等我，而是會早早到我房間裡來，我也按時給他沖好茶，我們都習慣於這種無言的晤談……」

春節到了。除夕夜，全廠舉行迎春晚會，有演出和遊藝活動。小白樓的創作人員都被叫去赴會，只有沙蒙一人被留在了房間裡。葉楠心裡很不安，是啊，在大年夜把沙蒙一人拋在小白樓，讓他與自己的影子一起守夜這也太慘了。晚會中間，葉楠買了一包花生米悄悄退場，獨自回到了小白樓。

沙蒙聽到了腳步聲，早就打開門等在了門口。他臉上帶著微笑，這是這些天葉楠看到的沙蒙第一個微笑。葉楠的眼睛濕潤了，他沒有讓沙蒙覺察到他的感動，不願打亂沙蒙不容易得到的一點寬慰。就著茶水和花生米，他們熱烈地聊了起來。「這是沙蒙成右派後第一次敞開話題。他談他的藝術設想，談《甲午風雲》應該拍成什麼樣式，什麼調子和氣韻，談戲劇衝突，談人物，談細節處理，談節奏，談音樂甚至談光和色彩……談著談著，竟手舞足蹈起來，神采飛揚，宛若少年……他畢竟是藝術家，激情在重壓下也能忘情地迸發。可談到激昂處，他的情緒卻陡然跌入頹喪的峽谷，不再說話了。」

沙蒙或許意識到，這是在導演《上饒集中營》、《趙一曼》時曾經有過的激情；這是在「上甘嶺」高地上曾經迸發過的激情。可是當下，激情是徒勞的。

葉楠說，他從沙蒙身上感受到，藝術家失去了創作權利的痛苦是多麼沉重，沉重得心靈無法承受得起！他擔心的是，由於沙蒙被奪去藝術實踐的機會，由於心靈的禁錮和思想的封閉，他的才氣、膽識會不會在塵封中銷蝕殆盡……

1961年2月，沙蒙被摘掉「極右派分子」帽子。同時調往北京電影製片廠，與家人團聚。帽子雖然摘了，可長影「沙郭呂反黨集團」並沒有得到平反。

沙蒙依然陷於政治深潭之中！

這一年的春天，林杉去北京出差專程到沙蒙家去看望他，正碰見沙蒙伏案在寫什麼。他等林杉坐定後激動地說，他要向黨中央申訴，要求對他這個冤案給以複查並予以平反，要給「沙郭呂反黨集團」平反。林杉當即表示支持他的申訴。林杉在沙蒙去世後為他寫的《憶沙蒙》一文中寫道：這次見面，兩人交談並不多，更多的時間依然是相對而坐，默默無言，跟57年的小白樓裡一樣。「我怎麼也想不到這是我們的最後一次見面。」

1964年，五十七歲的沙蒙病逝。他到底沒有等到平反那一天。

沙蒙病逝後只進行了少數人參加的遺體告別儀式，未開追悼會。北京電影製片廠將其骨灰安葬在八寶山革命公墓。

1967年，在「文革」的口號聲中，沙蒙骨灰被北影廠造反派從八寶山取出。當年關照過沙蒙的北影廠領導還為此受到批判。大批判文章直指廠長汪洋的名字說：「沙蒙這個十惡不赦的大右派分子臨死前，舊北影的一小撮走資派一個個輪流去看護他，守著這個奄奄一息的『劊子手』，真是體貼入微。夏衍、汪洋對他們失去這樣一個反黨幹將無不痛哭流涕，不但組織追悼會，還想通電全國文藝界，為右派分子樹碑立傳。」

人已走了，批判還在。

直到1980年4月26日，由中國電影家協會、長春電影製片廠、北京電影製片廠三家聯合為沙蒙補開了追悼會。參加者約500多人。組織者通知當年吉林省委書記吳德和省委宣傳部宋部長參加！一開始吳德來電話說參加，後又說病了不能來，讓他兒子代表他參加了追悼會。宋部長始終沒有露面。

北影廠廠長汪洋在紀念沙蒙的文章裡說：「得知沙蒙病重，心裡很難受，我從1936年就認識這個倔老頭是有感情的。我對下面說『一定要設法搶救，』但不幸的是沙蒙沒有挺過去，他去世了。沙蒙的形象常在我腦海中，我知道因為他還想拍片子，他還想大幹一番。我當時在外地很沉痛地打來電話，要求他們妥善安排後事。所有的程式都請示了市里和夏衍同志定的。」

又過四年，直到1984年，經請示中央領導，沙蒙錯劃右派問題才得到徹底平反。

八十多歲的著名詩人塞克臥病在床，他口述說：「初聞沙蒙噩耗，曾使我失魂而悲痛難止。四年前，乍悉落實政策，為他舉辦追悼會之際，我在慟哭中，曾擬書以慰他的夫人歐陽儒秋同志。」塞克說，為什麼稱沙蒙為「駱駝」——他老是那麼慢慢騰騰，一步一步，前進著，可是每邁一步，都是那樣踏實、有力，他是個不輕易走一步，只要邁步就不可收回，非要走下去不可。這就是沙蒙。對他的死我認為他是忍受了些冤屈、侮辱，有些說不出來的話！那是個一生嚮往著革命，吃苦耐勞的人，他的才能並沒有得到充分的發揮，就過早的死去，實在使人遺憾！」

1984年，沙蒙的女兒劉克勤和她的愛人到了父親林杉的北京家中，告訴他今年是她爸爸沙蒙逝世二十周年。後來父親對我說，克勤一進門，他不禁一怔，因為幾天前的一個夜裡，他在夢中曾經見到了沙蒙，兩個人相對而坐，默默無言，仿佛是1962年春他和沙蒙最後一次見面時的情景。父親在他的回憶文章中傷感地說：「轉眼間我已經七十歲了。黨的十一屆三中全會給予我第二次生命。『鏡裡流年兩鬢白，寸心自許尚如丹。』我現在又萌生長期來幾近熄滅的創作激情，而我準備寫的題材正是「四部曲」的一部分。可是，沙蒙同志，卻只能在夢裡來鼓勵我了。」

林杉寫道：「真正的朋友，大抵有些刻骨銘心的共同歷程，才建立起牢固的情誼，可謂摯友。因而失卻摯友之痛，更勝於失卻兄弟手足。」

林杉與沙蒙共同經歷了真實的「上甘嶺」與藝術的「上甘嶺」。兩人一起拋灑英雄淚，終生難忘高尚友情。

沙蒙和呂班，30年代他們一起在舞臺上演話劇；然後，他們一起在《十字街頭》影片中當演員；後來，他們幾乎同時去了延安併入了黨，分別在自己的崗位獻出青春年華；解放後，他們又一起如願以償，都當起了電影導演；再後來，他們一起當了右派，成了所謂「反黨集團」成員……最後，他們都是因為心臟病無法搶救，離開了這個世界……

從「反右」開始，林杉被責令交待檢查與「右派」的關係問題。最終因實在「查無實據」，他與「右派」擦肩而過。可是，他和沙蒙的《中國革命四部曲》創作設想全成泡影；所有關於「四部曲」素材也在以後的「文革」中散失殆盡；沙蒙被剝奪了當導演的權力，他已經完成的《黨的女兒》分鏡頭劇本不得不移交別人。後來林杉在對沙蒙的回憶中寫道：「四部曲」成泡影並不足惜。長期以來，他感到深為內疚的，是在沙蒙最困難的時候，他無力在精神上給以可能的慰藉。當時他們倆正處在創作的最佳年齡期，處於創作的旺盛期，成熟期，有著豐富的生活閱歷和藝術積累。如今像折斷了翅膀的鳥，騰飛無望了……

林杉呀，壯士斷臂，無力回天！

1964年，沙蒙去世。五十七歲。

從1965年開始，林杉再也沒有邁進小白樓一步。

今天，風雨中的小白樓依然挺立在那裡。它安靜，嚴肅，成熟而堅強。它述說著過去，也等待著未來！它托起雙手，擁抱著風雨過後的那道彩虹……

我沒有罪

記得小時候父親經常在家裡接待客人。雖然房子很舊但有個十幾平方米的書房兼客房。那個年代能有個「會客室」已經很奢侈了。每次只要父親把客人往書房裡一領，我就悄悄跟進去「竊聽」。我知道他們談的大都是電影。

1960年我十一歲。一個寒冬的夜晚，家裡來了一位架著黑框眼鏡，個子雖不很高卻神采奕奕，有著聰慧眼神的中年人。他戴著頂東北城裡人常戴的那種圓黑皮棉帽，脖子上圍著條寬大的灰色圍巾。父親看我跟在屁股後面，就召呼我說，快叫「郭維叔叔」。我靦腆一笑，沒叫出聲，卻看到了這位「郭維叔叔」眼鏡後面眯縫的眼睛含著很慈祥的笑。外面的雪很大，叔叔的雙肩還散落著雪花，他用皮手套在身上拍了拍，又摘下眼鏡擦了擦哈氣，一邊往書房走一邊又將眼鏡戴上。他很熟悉家裡的書房，直接找到那把客人常坐的沙發椅。當他脫掉外衣坐定時，母親已經把一杯熱茶端到他面前。

著名電影藝術家　郭維

那個時候我已經知道，大名鼎鼎的電影《董存瑞》就是眼前這位「郭維叔叔」導演的。再以前有《智取華山》、

左一　林杉
中間　郭維

《花好月圓》，再以後有《柳暗花明》等等。郭維1922年出生於天津一個鐵路職工的家裡。1937年在北平念書，然後到陝甘寧邊區參加了革命，在陝北公學流動劇團演出，十七歲入黨，曾先後擔任文工團戲劇組長、「火線劇社」戲劇隊長：「群眾劇社」社長等職務，又任河北省文工團團長兼導演、編劇等職務。戰火中鍛煉成戲劇導演。建國後，歷任北京電影制片廠、長春電影製片廠導演，中國文聯第四屆委員，中國影協第二、四屆常務理事。

現在，他正把林杉寫的《黨的女兒》電影劇本拍成話劇搬上舞臺，由長影演員劇團來演。他是電影導演，又能導話劇，很牛的！

那天風雪夜郭維來我家是為了《黨的女兒》話劇的最後一場戲的一個細節如何處理來找林杉商量的。他說最後主角李玉梅犧牲了，是讓她在臺上倒下呢？還是處理成台後傳來槍聲和喊口號聲？如果在臺上倒下又該怎樣處理屍體的問題呢？如果用台後槍聲響又覺得衝擊力不夠。是呀，我也覺得這的確是個問題。我蜷縮著身子，屁股靠在暖氣包上，下巴擱在兩膝蓋上，跟大人一起作嚴肅思考狀。我和郭維叔叔一起等父親回答。

一小時過去了，兩小時過去了……林杉始終沒有說話。只見他用手指摸著下巴，想過來想過去，就是不吭聲。郭維叔叔絲毫沒有表現出不耐煩，就這樣靜靜地等著。我也一動不敢動生怕驚動了他們。暖氣嗞嗞冒著氣越燒越熱我的屁股好像要著火了，好不容易等到了父親開口，兩個人開始低聲商量……我乘機捂著滾燙的屁股往外跑，哪顧得什麼臺上台下……

以後過去了許多年，我一直沒忘那個風雪夜的談話，也記住了父親和郭維叔叔如此謹慎嚴肅的創作態度，記住了那次為了一個「細節」的細節。我敬佩父親，敬佩郭維叔叔。

1954年的一天，中央電影局副局長陳荒煤把郭維叫去，交給他一個電影劇本，鄭重地說：「這個戲很多導演都碰了釘子，交給你拍吧。」郭維接過本子一看，上面赫然寫著三個大字：董存瑞。郭維隱約聽說過這個名字，是解放戰爭時期的大英雄。前面確有許多導演接觸過，可覺得大英雄太理想化，反而不好出戲，紛紛婉言推辭。而郭維憑藉剛剛一炮打響的《智取華山》，《董存瑞》的導演就落到了他的頭上。

可是，如何表現一個自己素未謀面的英雄？郭維在接受記者採訪時說，當時他也陷入兩難：人物太理想吧，顯得虛假；生活化一些吧，自己又不熟悉。左思右想，突然有了主意：他雖然不熟悉董存瑞，卻熟悉戰爭時期的生活。與其寫一個虛構的董存瑞，倒不如就寫自己經歷和看到的那些真實的人和事吧。

有意思的是，郭維年輕時的經歷與董存瑞還真有點相似。兩人都是二十年代出生，董存瑞出生在河北，郭維在離他家鄉不遠的天津；董存瑞十三歲就當了兒童團長，參加過八路軍，火線入黨，犧牲時才十九歲；郭維呢，抗戰爆發後在戰火硝煙中學習工作，十六歲就開始搞戲劇，既當演員又當編導，一直和百姓同吃同住同勞動。邊區老百姓支援軍隊打仗的事例幾十年來一直記在他的心裡。直到他八十七歲高齡時還深情地對記者說：四野攻打天津時，他也參加了，做的是後勤。戰爭打響後，敵後的老百姓聽說軍糧送不上前線，就把自家的小車推出來，裝上糧食就往前線跑。那是白天黑夜不停地趕路，再餓也不動一粒軍糧，只到路邊的農家討口飯吃。加上太長時間不眠不休，夜裡有人推著車就昏睡在地，後面的車趕上來，黑夜的哪裡看得見地上有人，結果車子碾過去，死的，傷的，太多了……每次講到這些郭維都哽咽得講不下去。他含著淚感慨道：「要不是有這樣的老百姓，我們憑什麼打勝仗？」

郭維創作電影有一個信念，他不願把一個小孩描寫成天才，人物一出來就是個當當作響的高大人物。他在導演闡述中說：「董存瑞既非天生的英雄，也非理想的人物，而恰恰是一個在追求真正的人生，對生活抱有熱情的誠實的普通人。」他應該是河北戰士的形象——聰明、活潑、能幹、嘴皮子靈。事實證明，郭維的這一創作，是他生活閱歷和文化功底相結合的成果，再次展現了他在電影創作的功力。

唯一讓郭維遺憾的，是最後的炸橋場景。郭維知道，董存瑞在關鍵時刻敢於犧牲自己，是要有足夠心理依據的。一個成熟的戰士是善於保護自己的，董存瑞之所以托起炸藥包，是因為他看到自己的戰友死得太多。戰士們一聽到衝鋒號響爬起來就冒著槍

郭維導演（右）與
演員張良（左）合影

林彈雨衝鋒，可是在敵人機槍掃射下紛紛倒下。正是這個場面激勵董存瑞最終舉起了炸藥包。

可是當郭維帶領戰士們成功拍完「紛紛倒下」的鏡頭時，電影局副局長蔡楚生覺得太殘酷了，他說死那麼多人，這不成了「一將功成萬骨枯」嗎？非要郭維把這組鏡頭拿掉。

郭維很生氣，就是不改。直到他八十七歲接受採訪時還很激動，他說：「戰爭不是跳舞，戰爭就是要死人的，就是當時的遊擊戰，死的人也不少，真的兩軍對壘，那就是倒下一片，趟著血前進的。」可是當時電影局局長下了死命令要求把這一段必須剪下去，郭維沒輒，只能把鏡頭剪得很短，結果把董存瑞捨身炸碉堡的必然性沖淡了。

《董存瑞》上映後引發一系列反應，觀眾反響強烈，專家們點頭稱讚，各地紛紛舉辦座談會，報刊上一篇篇讚譽文章撲面而來。最讓郭維感到欣慰的是部隊戰士們非常愛看，董存瑞的故事傳遍大街小巷，家喻戶曉。

郭維的女兒郭玲玲曾對我說，她父親一生最愛的是兩類題材：一是戰爭，一是農民。郭維說過沒有農民就沒有勝仗，沒有農民就度不過國民經濟困難時期。「文革」如果沒有農民在那撐著後果無法想像。郭維導演的電影《花好月圓》、《柳暗花明》、《笨人王老大》都滲著濃濃的農民氣息。他把對農民的深深敬意，都化到一部部電影中去。一次拍電影得的八百元稿費，他一鼓腦全給農村老鄉寄去了。尤應引起電影界重視的，是被禁演了五年才得以解放的《笨人王老大》。

《笨人王老大》，我覺得這是郭維創作理念的一次飛躍，是他哲學、美學、社會學的一次自我超越。

《笨人王老大》講的是農民王老大腦子總好像缺根弦，做事總比人家來得慢，所以鄉親們愛稱他「笨老大」。這讓我想起了在他之後出現的美國影片《阿甘正傳》。阿甘的智商只有七十五，他雖然沒別人聰明卻有個好命。老大的運氣就沒那麼好了，最後為了幾個窮人家的孩子摔死在崖下。雖然結局不一樣可中外兩個導演的思路是一樣的——他們都讓主角比正常人要憨一點，笨一點。這是為什麼呢？

因為笨人表現出的種種形態，往往是人最本能的。智商低點的人不會裝，不會「虛假」地思考。「人之初，性本善」，在笨人王老大身上，就傻乎乎地體現了人的最善的一面。

一般笨人沒啥理想，王老大的願望就是娶個好媳婦過家家。就在他連續相了三次親最後找了個家庭殷實的女孩準備辦事的時候，發生了大雪天半夜鄰居家的狗蛋被趕出家門的事。王老大一怒之下收養了狗蛋，在全村掀起軒然大波。所有人都勸王老大快結婚了不能收孩子，女方老爹也沖到村裡把王老大臭罵一頓。陳強把老爹那段戲演得是可圈可點。可王老大的笨勁上來了，他一怒之下竟把和老爹簽的「訂婚協議書」給撕了，村裡的娘們大爺就差沒氣瘋了，這種不計後果的事只有「笨人」做得出來。

可是越是笨人做事就越是執著。王老大一點不後悔，帶著狗蛋上山砍柴樂哉乎哉。媳婦沒了他也不愁，真有點傻不傻，呆不呆。一天他遇到了剛死了丈夫的寡婦大春帶著三個孩子在山上砍柴，日子非常艱難。他竟作了個偉大決定要把寡婦娶到家由他來扛起養四個孩子的重任。這一下全村像掉了顆原子彈頓時又炸了鍋，罵他的笑他的嗔他的怪他的不絕於耳。可王老大認准了理兒硬是把大春娶到家，半夜還把兩人結婚的新被子蓋到三個孩子身上。

笨人還一個特點就是忠誠。笨老大成了家後就把自己全部心血全都交給了這個家。他拼命幹活替大春還以前欠下的饑荒，吃飯時他堅持和孩子們吃一樣多的餑餑，為了這個家他不懂什麼「文化大革命」，開批判會他在磨刀，唱樣板戲他只會唱古戲，他自管自種自留地，搞家庭副業，繼續砍柴到市場去賣……幸虧他是三代貧農出身才沒遭政治厄運。他把一切都豁出去了，傻乎乎的領著老婆孩子過了一年又一年。

笨人王老大還愛傻笑。學唱樣板戲他傻笑，缸裡沒糧了看著一窩孩子他傻笑；看見媳婦大春愁苦的臉他傻笑，跟大春生了個兒子他更是笑得一屁股坐到了地上，完全忘了多一個孩子給他多添多少勞累。傻笑是笨人天生的性格，因了傻笑，又苦又累的笨人才活得快活。尤其是最後那年冬天，他為了有錢給孩子們做棉衣，自己冒著大雪又上山砍柴。天冷路滑，他背著沉重的大柴捆，看到腳下的山澗，不在乎地傻笑，又看見一個陡坡，他不怕滑倒還是傻笑，導演在這裡用傻笑把一個「笨」字表現得淋漓盡致，可觀眾已經收緊了心關注著笨老大的命運。直到一根樹叉刮住了繩子，他幾次試著也沒拽動，這時他又傻笑了，只以為使下勁就行，結果腳底未穩滾下了山溝……

笨人有笨人的作為，笨人不認為自己笨，這就是「笨人」的生活邏輯。忠誠，守信，執著，友善。他不聰明，但知道怎樣讓自己想做的事充滿希望。他做得多想得少，卻有自己頑固的信念：一是認為新社會，應該有新社會的樣；二是「有愁死的，沒有累死的」，所以不管困難時期多缺糧食，還是「文革」割資本主義尾巴，他都能傻笑著讓苦日子過下去，讓孩子們活下去。笨老大的信念，九頭大牛也拉不回來，所以他笨得開心，笨得勤奮，笨出了一片天地。

從一個低智商人的眼裡看世界，笨人容易同情，容易歡快，容易感動，也容易憂傷。這一切恰恰是人最本性、最美好的一面。按常理，生活是需要智慧的，最好的智慧才能創造最好的生活。可智商高的人往往不允許有缺憾，不滿意就會患得患失，無端產生苦惱。所謂「智者千慮，必有一失，」就是這個道理。其實有時候生活也許是不需要智慧的，沒智慧的人總是一條道走到底，他沒有恐懼，沒有怯懦，愚者不曾有千慮，仍可一得。

這是郭維導演告訴我們的哲理。父親林杉後來對我說，《笨人王老大》是用一種特殊藝術手段表現人性美的佳作。當然，如果沒有最後一段「文革」中逼迫大春揭發王書記的大戲，如果再能有多一點的表現笨人的執著、善良，忠誠，王老大這個笨人形象就更豐滿了。

郭維熱愛農民，瞭解農民，他摸到了農民的筋骨與血脈；郭維用他的哲學思想，講述了一個如何做人的人生課題；郭維用他的美學理念，在人物塑造中進行了一次逆反嘗試；可惜《笨人王老大》，儘管飽含嚴肅深刻的主題和超前的表現技巧，卻沒有在中國影壇站上引人注目的一個位置！

在1956年捷克斯洛伐克羅維・發利電影節上，郭維受邀出任評委，中國帶去的片子是《渡江偵察記》。可當時已是「蘇共二十大」之後，社會主義陣營開始強調與西方「和平共處」了，這部戰爭片顯得不合適宜，只郭維一人投了贊成票。此時郭維正準備拍《劉胡蘭》，同去的長影廠長說：「郭維呀，咱別當戰爭販子了，還是改拍趙樹理的《三里灣》吧。」這就是後來的喜劇片《花好月圓》。

可「反右」運動一來，這「戰爭販子」不知怎麼變成郭維說的了。郭維就是渾身有嘴也解釋不清。這一大罪狀讓郭維吃盡了苦頭，一直到「文革」，郭維也沒摘去「宣揚戰爭殘酷論」的大帽子。

郭維對自己被打成右派始終不服。一次一位廠領導跟他談話，說郭維你要再不服就送你去勞動教養，送你到公安局。對這樣的人格侮辱郭維不屑一顧！

事實上，反右前郭維是很有黨性的。他事事請示黨組織，及時向組織彙報。真到籌備創作集體時，倒是廠長亞馬催他快點動作，郭維就把自己「自由組合」的想法向他的老同學，省委宣傳部宋部長作了彙報，結果就被打成「反黨集團」。所以郭維不服，也不寫檢查，只要求見一面宋部長。宋部長礙於老同學面子就來了，他對郭維說：「你就寫個檢查，群眾有要求，你檢查一下就完了，另外你可以稍微拔高一點，這事就過去了。」於是郭維就寫了個檢查，為了拔點高把一些不該檢查的也都檢查了。以後沙蒙也跟他說：「這十字架咱就背上吧，不要捎帶別人，不要弄得大家都成右派。」結果這種思想讓他們把不該承認的也承認了，這種「自我犧牲精神」導致了他們終生的不幸！

長影老同志還記得，每次一到批判郭維時廠長就不參加，因為「戰爭販子」這些話本來是廠長說的，他生怕郭維在會上把他捅出來。

更荒唐的是反右前郭維沙蒙他們專門請廠裡負責財務、行政、後勤的副廠長袁小平講解拍電影要講成本核算。大家聽了覺得他講的有道理，以後再拍片就都按廠裡要求去做。沒想到1959年反右傾時，有人提出「右派們」怎麼不反對袁小平呢？於是一鼓作氣就把袁小平定為右傾機會主義分子了。

郭維被打成右派時正在拍《花好月圓》。白天他被左派押著去開批判會，晚上去現場拍戲，居然拍的還是喜劇。半個多世紀後央視主持人崔永元採訪他後感慨說：「郭維是個硬漢子！」

接著郭維被發配到水暖車間勞動，負責修暖氣。有一天正好來長影拍電影的著名演員白楊住處的暖氣壞了，鍋爐班長命令郭維去修。從三十年代走過來的白楊對解放後的許多運動是搞不明白的。她只知道誰是大導演，誰是大演員，不懂得什麼是右派、左派。當身著工作服，滿身油膩的郭維肩扛大管鉗子推門走進白楊房間時，白楊一看大名鼎鼎的大導演來修暖氣，嚇得連連後退，一時不知說什麼好。郭維怕連累白楊，一句話沒說埋頭幹活兒，白楊繼續後退最終靠在牆角楞是什麼話都說不出來，直呆呆地看著忙碌的郭維。暖氣修好了，郭維把大鉗子往肩上一扛，自言自語說：「勞動光榮」——便轉身離去。人走遠了，躲在牆角的白楊這口氣還沒喘完。

事不湊巧，有一天白楊在廠內與呂班又走個對面。她知道呂班也挨批鬥了。她囁嚅哆嗦著，尷尬得一聲未吭，低著頭躲開老遠。

因為拍戲，郭維與著名電影演員陳強成了知已的好朋友。陳強1918年出生於河北。是著名的表演藝術家。1962年他憑藉電影《紅色娘子軍》獲第一屆電影「百花獎」最佳配角獎。1964年獲印尼亞非電影節獎。2009年獲「經典電影最佳男演員形象獎」大獎。作家曹積三先生在他的《大明星陳強傳》一書中專有一節介紹了陳強與郭維的友誼。郭維比陳強小五歲。早在聯大文工團時他們就在晉察冀一起出生入死，成為無話不談的親密戰友。

1956年全國反右運動鋪天蓋地。由於北京電影製片廠廠長田方據理力辯，竭盡全力保護，才使陳強免戴右派帽子。那天，正在北京家中吃飯的陳強得知好友郭維成右派時，忽覺頭昏目眩，一屁股坐到地上，手裡的碗打得粉碎，餛飩湯濺到兒子小佩斯的臉上，燙得孩子哇哇直叫，一時間家裡全亂了套。妻子李玉潔把陳強扶到床上，陳強鎮定後，淚掛雙腮。

陳強知道，1939年郭維就投奔延安，不滿十七歲就入黨，一個執導《董存瑞》這樣優秀影片，盡情謳歌革命英雄主義和奉獻精神的人，會是革命的敵人！他與郭維相知甚深，敢斷言把郭維打成右派是天大的冤枉。

1961年，長影導演林農發報，約陳強去長影拍攝《試航》。陳強對角色問都不問，接到電報就登上了當晚北去的列車。

著名表演藝術家　陳強

陳強好不容易在長影水暖車間的煤堆旁找到了郭維。此時郭維正推著滿滿一手推車煤渣，準備卸車。

陳強大叫一聲：「郭維」！

郭維慢慢回轉頭來。他下巴頦尖尖的，風吹的煤土揚了他一臉，鼻樑上架的那副眼鏡再大也遮擋不住他瘦削枯槁的臉。好不容易認出喊他的是老戰友陳強，郭維張口一聲：「你？！」，眼裡閃出驚異的光。陳強一個箭步上前握住郭維沾滿煤灰的手。郭維百感交集，可很快把手抽了出來。他生怕自己連累陳強。

中午到了郭維家裡。郭維愛人翻遍櫥櫃傾其所有做了一碗海米白菜湯招待陳強。陳強搜腸刮肚找所有能想到的話來安慰受劫難的朋友。郭維只是望著他一聲不響。以前一向快言快語的郭維此時變得異常木然，半晌說了一句：「我挺得住。歷史將宣判我無罪！」

陳強喝了幾口湯，便告辭了。

陳強急匆匆去找長影廠廠長。路上他想好了說話要儘量婉轉一些，可一開口就發急了：「廠長，郭維是咱們黨培養出來的人，如果把他放到水暖車間天天去拉煤，不就把他毀了嗎？」

廠長瞪大雙眼露出實足的驚詫。他警惕地望下門，門關得緊緊的，他還不放心，起身走到門邊聽門外確實沒有動靜，才走回來低聲對陳強說：「這個情況我還不知道。原以為劃右派是為了教育教育他，沒想到弄得這麼厲害。我想想辦法，看能不能給他調個地方。」

《試航》開拍。陳強得悉郭維勞動改造的地方已由水暖車間換到了紙漿車間，而且廠裡還把劇本拿給他看，讓他提意見。陳強稍舒口氣。影片拍竣，陳強特意從外景地趕回長春去與郭維告別。紙漿車間的人說，郭維又回水暖車間了。

陳強又在煤堆旁找到了郭維。

郭維依舊是那樣瘦削。那天無風，他臉上無灰，臉色卻像塗上灰土一樣難看，帶著疲憊倦容不停地咳嗽。陳強急著問：你怎麼又回來拉煤？

曹積三先生在這裡引用了郭維的原話：「我寧願身體受累，也不願精神上受人折磨。紙漿車間的活兒倒是不重，可是隔三差五地給你送劇本來讓你看，提意見。咱是實心眼兒，有啥說啥，這就捅了馬蜂窩。人家本來就不愛聽逆耳話，何況我又戴著右派帽子，對方話裡話外敲打我是『翹尾巴』，不老老實實接受改造。一看這情勢，我還提啥意見？乾脆，徐庶進曹營一言不發吧。可這也不行，又說我是消極怠工。我情願累死，也不願被這樣擠兌，就要求再回水暖車間。這倒好，沒人再來找我看劇本了。」郭維說著，又劇烈地咳嗽起來。

陳強憂慮地說：「你怎麼咳得這麼厲害？」

郭維說：「氣管炎，吃藥也沒用，晚上更厲害。」

陳強懷著沉重的心情告別了戰友。這一別就是五年。

1964年，陳強再次被長影邀請參加《路考》的拍攝。這回出發前，他在王府井足足排了三個小時長隊，買了郭維愛吃的「素什錦」，又從「六必居」買了醬瓜加上兩瓶北京「二鍋頭」，拎著沉甸甸的旅行袋，踏上了北京開往長春的火車。一別五年，郭維的情況怎樣了？處境有新的變化嗎？身體如何？這是陳強最惦記的。

下了火車上電車。當陳強拎著他的旅行袋站在紅旗街路口時，他知道長影還沒到上班時間。於是他直奔郭維家。郭維見了陳強就埋怨，怎麼也不打個電報好去車站接人。陳強也埋怨：五年了怎麼連封信都不寫！

「罪該萬死，罪該萬死！」郭維苦笑，連連向陳強道歉。見郭維氣色和心情還不錯，陳強心中一塊石頭落地。他忙問：「怎麼樣？一切如何？」

郭維苦笑道：「你還記得晉察冀山區的那種樹蝴蝶？翅膀特大，花紋跟橡樹一模一樣，往樹上一落，人的眼睛很難發現它。那是一種本能的保護色，要不它那麼大的個兒還不都讓人給抓光了——這叫適者生存。人也這樣，總得學會適應環境。剛當右派那會兒，心裡委屈，憋悶，自尊心叫人難以忍受。早晨一覺醒來，心裡忽悠一下，湧上第一個念頭就是『我是右派』。現實比惡夢還可怕，整日整日推煤，出虛汗，咳嗽，睡不著覺，吃不下飯，只長骨頭不長肉。可是，慢慢就適應了，現在能吃能睡，身上也添了力氣。」

郭維說著，取出一方圖章，蘸了紅色印泥，在白紙上印出八個紅色大字：歷史將宣判我無罪。

陳強拿起圖章仔細端詳：「留得青山在，不怕沒柴燒！」

郭維說，這是1961年他求人刻的。這石頭是他在煤堆裡發現的。圖章刻成的第二年，廠裡通知他停止勞動改造，恢復導演職務。郭維心想，也罷，還不到理論是非的時候，先拍部片子再說。他就把王願堅的小說《親人》改成電影劇本。他本想再現長征時期的革命傳統，沒曾想有人說這是宣揚資產階級人性論。郭維小聲對陳強說：「咱倆關起門來說，這不純粹是胡說八道嗎！也不准你申辯。唉！等著吧！現在片子停了閑在家裡沒事幹。不讓你拍片子依舊是被拋棄的感覺。」

陳強從行囊中拿出郭維最得意的北京二鍋頭，外加「素什錦」和醬瓜。郭維見二鍋頭忙說這酒好幾年沒喝了，今天好友來了高興現在就喝。陳強說大清早的喝什麼酒。郭維說什麼早不早的，一定要喝。於是二人碰杯痛飲，格外暢快！

三杯下肚，外加一碗粥，陳強起身出門，又奔長影廠長辦公室。他敲了敲廠長辦公室的門，沒有人。於是他推開了另一位廠

郭維（左一）與
陳強（中間）

負責人譚某的辦公室。身材魁梧滿面紅光的譚某用他洪亮的大嗓門熱情迎接大明星陳強的到來。他一面斟水一面笑道：「陳強同志，長影是你的老家，老東影都盼著你回來，給老家多拍幾部好戲。」

陳強單刀直入，說有件事想向領導反映一下。譚某大度地說有事儘管說。

於是陳強坦言：「我是說郭維同志。他是個有才能的人，他三十歲拍《智取華山》，三十三歲拍《董存瑞》，把這樣一個有才能的人放在一邊不用，不是人才的浪費嗎？我建議廠裡是否可以考慮繼續讓他拍片子！」

譚某從他寬大的辦公桌的抽屜裡取出一個小本子，記下了某年某月某日某時陳強談話的內容。然後說：「你反映的情況很重要，很及時，我們研究一下。」

陳強釋然，旋即告辭。

半個月後，正在長影拍戲的陳強突然接到妻子電話，說上午北影來了工作組，組長是長影的譚某。他在全廠大會上點了陳強的名，說樹欲靜而風不止，階級鬥爭十分複雜。說北影就有人跳出來為右派翻案，這個人就是大名鼎鼎的陳強！

「我給哪個右派翻案？怎麼翻的案？」陳強怒不可遏……

放下電話後，陳強猛然想起十幾天前他向譚某反映郭維的情況，自己還跑到呂班家與他一頓窮聊。天呀！竟然惹得抓右派從長影抓到北影去了！

當夜，《路考》攝製組負責人接到北影廠工作組電話，要求停止陳強的拍攝工作，立即回北影接受群眾批判。萬般無奈，劇組的黨支部書記、導演默默地將陳強送上火車。悶悶不樂的陳強回到北影，反來複去向工作組和參加批判會的群眾講的還是那幾句話：「郭維三十出頭就拍了《智取華山》，《董存瑞》，難道不算有才氣嗎？勞動為了改造，改造為了使用，不讓他拍片子不是人才浪費嗎？我向譚某反映情況，何罪之有？」

左批右批，也批不出個子午卯酉，越批人們越覺沒勁。此時的譚某一直不敢見陳強，開會也不出頭，成天躲在宿舍裡，最後找個由頭抽身逃跑了。

沙蒙、呂班、郭維等畢竟是當時長影的「三杆大旗」，要不要把他們都打倒，連當時的省委書記吳德也犯了難。他特別向中央打報告請示如何處理。最　某位大領導的批示，促使吉林省委領導下決心砍倒長影的大旗。1957年，郭維與呂班、沙蒙一起，被打入長影「沙郭呂反革命集團」。

幾十年後，在一次華北聯合大學校友會上，年近花甲的郭維與同班同學宋部長相遇。有在座老同學問郭維：「你是怎麼成了右派了」？郭維就當眾指著宋部長說，你們問他，為什麼把我打成右派。

1958年，乘著「大躍進」的東風，長影「多快好省地一舉拍攝了三十一部故事片，創造了當年全國電影產量之最，放了一顆最大的「電影衛星」。然而「躍進片」沒有一部能經得起社會考驗，當年就被塵封進膠片倉庫，被人們遺忘得乾乾淨淨，成為電影史上的一大笑話。正如夏衍說的：「放衛星，其實放的是土豆。」

反右後差不多間隔好幾年，除了《黨的女兒》和《我們村裡的年輕人》，長影就再沒有能跨年度的電影了。直到蘇里、林農等一批導演成長起來，長影才恢復了元氣。

1960年，聽說中央要給部分錯劃的右派平反。電影局局長陳荒煤忙把沙蒙、郭維找去談話，提出對一部分「右派」分子要進行甄別。當時電影局的幾位領導都很積極，下決心要辦。談話進行得很好。郭維回長春後，立即把這個消息告訴了林杉，林杉特別高興。於是他們等啊，等啊，苦苦等了近一年，最後等來了毛澤東的最新指示：「千萬不要忘記階級鬥爭」，「階級鬥爭要天天講，月月講，年年講」。

於是所有的希望化為泡影。

直到十幾年後的1979年，郭維的冤案才得以平反，被調到北京電影製片廠，執導出他的力作《柳暗花明》和《笨人王老大》。他真像枝幹崢嶸的鐵樹重新綻放生命之花。

生存還是毀滅

時間到了1960年。

9月22日，吉林省委任命蘇云為長春電影製片廠副廠長。

1961年8月，林杉被任命為長影副廠長，主管劇本創作。

蘇云是林杉的又一個朋友。

林杉大蘇云十一歲。早在1945年，他們就在中共晉西分局領導下的「七月劇社」共同參加土改和組織演出活動。同時又忙著搞土改調研，那時林杉任《七月劇社》副社長，是蘇云的領導。據後來蘇云說，那時他的進步得到了林杉的悉心幫助和栽培。如今到了長影廠，蘇云早於林杉被提為副廠長，成了林杉的領導；第二年林杉也被提拔為副廠長，仍列蘇云之後。可在蘇云心裡，林杉依然是他的師長，許多事情都先聽聽他的意見。而林杉呢，從不擺老資格，樂得看蘇云能獨當一面。兩個人說過心的話，做知心的朋友。

原長影廠長蘇云

1957年蘇云僅是技術處處長。面對「反右運動」中的一次次批判會和媒體觸目驚心的批判文章，眼看著「沙郭呂」等近三十人一個個倒下，蘇云的心情和林杉一樣，沉甸甸的，泛著酸楚和焦慮。到他上任副廠長時，偌大的長春電影製片廠已經五年沒有生產出一部電影，蘇云林杉，兩位上任不久的副廠長心急如火。

轉眼到了1962年8月。

這一天，林杉在尋找蘇云，從樓裡辦公室找到小白樓前。

不知什麼時候，小白樓周邊種上了稻子，翻滾的稻浪傳來陣陣蛙鳴。晚霞為小白樓勾勒出金色輪廓，帶著恬淡的憂傷，和些微的恐懼與不安。林杉知道一樓拐彎處還住著沙蒙等人，心底再次翻起了幾年來揮之不去的壓抑。他沒有靠近小白樓，轉身向那片稻田望去，卻發現了小樹林邊的蘇云。

原來蘇云心情沉悶，也情不自禁來到小白樓。

蘇云個子比林杉高，人略顯胖。一高一矮兩個人，站在金色黃昏中。

他們是為了一紙「通知」不知不覺走到一起的。原來省委決定即將在全廠召開主要黨員幹部座談會。說是會上將聽取大家意見，解決領導作風和領導與創作人員的不正常關係問題。

蘇云和林杉都隱隱感到，這是一次申訴不平，伸張正義的機會。出於共同的良心和責任，他們認為不能錯過這次機會。

現在，兩位同事，同志，更是朋友，並肩在小路上走著。

林杉說：「到時候，我先發言。」

蘇云認真地說：「不，我是黨委常委，我得帶這個頭。就像當年突圍，我在前面沖，您給我掩護！」蘇云見林杉不應，又叮囑道：「咱們說好，就這麼定了。」

林杉突起詩興，說道：「我給你背一段哈姆雷特吧！」他面對禾濤，輕輕背誦道——

生存還是毀滅
這是一個值得考慮的問題
默認忍受命運的暴虐的毒箭
或是挺身反抗人世的無涯的苦難
通過鬥爭把它們掃清
這兩種行為
哪一種更高貴？

詩句在晚霞中乘著微風飄蕩。

他們以為經過延安整風，土改糾偏，黨已經有了豐富的政治鬥爭經驗。他們堅信黨的領導大多是正確的，即使犯了錯誤，早晚會改正。然而哈姆雷特的詩只是一種幻想。

為了抓住黨員幹部會這個機會，林杉是作了充分準備的。他幾次到郭維家，向他詳細瞭解1956年自己在廣州期間廠裡發生的抓右派過程。郭維講了省委講宋部長，講了廠裡講廠長。他一邊講林杉一邊記。最後郭維告訴他呂班已定性是右派了，但他始終沒有揭發林杉參加了《春天喜劇社》。林杉深有觸動，感慨道：「真夠朋友！」

過了兩天，林杉又一次到郭維家，方知他剛被抄家。此時郭維情緒極壞，說他現在只想自殺。林杉極力勸慰，卻沒有辦法幫郭維從痛苦中解脫出來。

林杉走出郭維家門心裡只有一個想法：他必須離開長影，這裡沒法呆了。

接著，林杉又去呂班家看望這位「喜劇大師」。呂班一見林杉便說：「我戴了帽子了」。林杉用半玩笑半苦笑的口吻對他說：「那怕什麼呢？就像一個人戴了頂帽子，風一刮就吹走了。」話雖這麼說，他倆都心知肚明，呂班的愁苦是吹不走的。

1962年8月7日，長影黨員幹部座談會在省賓館如期舉行。這次會議在長影發展歷史中，有著特殊的意義。省委領導再次說好了要解決領導作風問題，要聽取「領導和群眾關係不正常」的意見。說好了不戴帽子，不打棍子，不抓辮子，不記帳，號召大家暢所欲言，給領導提意見。省委的幾位領導都來了，其中就有那位省委宣傳部宋部長。會議由當時的省委副書記富振聲主持。

蘇云是在會議接近尾聲時站起來的。

他的發言震動全場。

他說：「藝術家治廠」是省委領導在廠黨委會上講的，並與沙蒙、郭維等人談過，為什麼一轉身沙蒙、郭維成了右派呢？

他說，黨員對領導幹部有意見寫到黑板報上是經黨委同意的，黨員在省委書記召集的會上提意見，都被說成是「反黨」，是「請願」，是右派「向黨進攻」，難道這些都是敵我矛盾嗎？

他又說，長影樂團黨員對支部領導有意見，要求重新選舉「主席團」成員主持整風會議，怎麼就成了右派要專共產黨的政呢？

然後他又直呼廠長的大名，說他一天掛在嘴上——這個不是我們的人，那個根本不是個黨員，是資產階級知識份子……把人民內部矛盾擴大成敵我矛盾……

蘇云的發言，把在座的人都驚呆了。人們向這位敢於講真話的黨委常委投去異樣目光。與會者紛紛開始發言，大家針對長影廠大搞群眾運動、一些領導對藝術創作的粗暴干涉，特別是反「右派」鬥爭、反右傾運動，以及58年整黨中錯誤處理黨員幹部，以及廠主要領導和省委有關方面領導「左」的思想和領導作風等問題提出了尖銳批評。

接著林杉站起來了。他首先請求省委能夠說一句話——長影的大部分幹部都是好幹部。因為現在黨內生活不正常，有的幹部被錯誤地開除黨籍，有不少人受到嚴厲的組織處分，有的遭受嚴重打擊。

全場鴉雀無聲。

我在父親當天的日記中看到：當林杉說道，在我黨的歷史中，就有過對自己同志殘酷鬥爭，無情打擊的現象時，主持會議的吉林省委副書記富振聲插話說：「無情鬥爭，殘酷打擊的事實過去是有的」。

林杉說：「我有一種危機感，我是不是在替右派翻案？」富振聲插話說：「不要這麼想麼。」

林杉接著說：「有人說，長影的老幹部一批批倒下去了。宋部長曾經追問過這句話是誰說的。現在，我承認，這句話是我說的。這的確是我的感受。政治運動中，有些人簡直就沒有人性！」這時富振聲又插話問：「反右派死的那個編劇叫什麼？王震之？我們要總結一下過去鬥爭錯了的。」

林杉又說，在「右派」的「罪狀」中，關於「藝術家治廠」，關於「體制改革」，關於「組織創作集體」等一系列問題，都是上級領導提出來的，有的是由省委領導親自指示，廠裡領導動員大家搞的。結果積極回應號召的同志成了「右派」，那麼省裡和廠裡的領導就不應該承擔一部分責任嗎？直到現在，沒有一位領導同志肯站出來承擔責任。

接著林杉直呼宋部長大名：「如果沙蒙、郭維、呂班是右派的話，那麼你宋部長就是個大右派！」

全場鴉雀無聲。空氣緊張得似要爆炸！

接著，林杉要求省委重新審查長影的反右鬥爭！

會場的氣氛凝固到冰點，靜得能聽見周圍人的呼吸聲。所有人的心裡都在敲鼓，不知道眼前的沉默，是爆發，還是死亡？

這時富振聲說：「今天的會開得很好，大家回去可以議一議。可以在參加會的範圍內互相說一說——『三不』嘛，有什麼都可以談的。」

「一石激起千層浪」，蘇云和林杉的發言引起強烈反響。

可是在當時反右的大氛圍下，持反對蘇云和林杉觀點的人要比贊同他們觀點的人多。一些行政幹部和工農幹部紛紛發言進行反擊，這個會本來沖著廠和省委領導的，結果目標轉移，火力轉向蘇云林杉，大有開成批判會的架勢。會後林杉找到蘇云：「看來要對我們進行圍攻，我不怕，我說的都是事實，我是要回擊的。會場搞亂了，我不負責任。」

蘇云有些猶豫，沒有表態。

第三天會上，宋部長發言。他說他過去一直把林杉看作老幹部，多方面照顧他，沒想到……」事後林杉說「真無聊，難道這是個人問題嗎？」

這時的林杉和蘇云，他們善良地希望省委領導們能夠體會沙蒙在小白樓裡呆坐到天明的痛苦，能夠理解「沙郭呂」幾位大導演被奪去拍片權利的壓抑，能夠瞭解到類似「中國革命四部曲」被活活流失的損失，能夠清楚長影長時間沒拍出一部影片的真正原因……他們希望在烏雲密佈的反右運動中殺出一條血路，哪怕給沙蒙、郭維、呂班一點喘息的機會。全廠二十九名「右派」翹首以待，希望上級能重新考慮「右派」問題。他們希望——救救長影！

8月9日下午散會後，林杉來到導演武兆提家裡，恰好林農、胡蘇也在。幾人邊吃飯邊議論開會的事。林杉說：「長影問題非解決不可，我錯了開除我黨籍也可以。」

就在林杉和蘇云準備再進一步闡述自己意見的當口，毛澤東同志發表了最新指示：「千萬不要忘記階級鬥爭」，北戴河會議也傳來新的精神——「階級鬥爭要天天講，月月講，日日講」，要「堅持無產階級專政下的繼續革命」，要「警鐘長鳴」。

於是，所有的反思化為烏有，所有的「糾正措施」不見了蹤影；相關的人還沒等減壓又開始增壓，原準備開九天的黨員幹部大會草草收場。富振聲找蘇云和林杉談話。他說：「當前國際國內階級鬥爭都很嚴重，國內在刮翻案風，矛頭都指向黨……」

二人無語。

人們擔心的事情還是發生了。

長影黨員幹部大會結束後，省委決定，長影的黨委要重新改選。自1956年8月長影撤銷黨總支，建立黨委以來，蘇云便是黨委委員，而且是常委。僅幾天工夫他那個發言就變成明目張膽為「右派」翻案的嚴重問題。有人說有這種右傾思想的人豈能入常委？廠長專門到蘇云家勸他說：「如果你對你的發言作個檢討，承認錯誤，可以考慮你繼續進黨委。」

蘇云用平和的聲音回答說：「我沒錯，不好承認錯誤。我的發言，講的都是事實，我為此負責。如果因此不能進黨委，我保留意見，但我還會為黨努力工作。」

蘇云為他的發言付出了代價。

林杉呢？

由於他的這個發言，導致他在進黨委問題上產生了嚴重分歧。雖大多數人表示支持他進黨委，而行政幹部和部分黨員表示反對。正僵持不下，當時的文化部電影局局長陳荒煤火速趕到長影作「調研「。當初就是他自始至終扶植《上甘嶺》劇本，是深受創作人員尊重的上級領導。經過多方面瞭解情況，他整整考慮了一夜，還是決定要向富振聲副書記提出意見。他又給長影主要領導寫了一封信。他說，聽說原來林杉票數不少，後來被拉了下來，對今後團結，加強藝術領導都不利。如果領導做工作，還是可以選上的。希望你們再研究一下。最終蘇云和林杉都進入長影新一屆黨委。

可是，此刻的宋部長已在內部決定，待時機成熟堅決把林杉劃為「內定右派」。

1979年5月5日，冰雪正在融化，晶透的水滴吊在樹杈上，水靈靈，亮燦燦。通往長影的那條街叫「紅旗街」，（老名其實叫「洪熙街」）不知是誰給改了個這麼響亮的名字。有軌電車的叮噹聲，三輪摩托的突突聲，自行車鈴的清脆聲，賣冰棒的吆喝聲……一大清早，紅旗街就奏起了「馬路交響曲」。

每天清晨，「紅旗街」的「交響曲」都會傳到長影門口的大劇場。

這天早上八點，已正式被任命為長影廠廠長的蘇云帶著很久沒有過的輕鬆大步走向長影大劇場的講臺。那天的大劇場燈光明亮，一千多座椅無一空位，兩邊靠牆的過道全站滿了人。蘇云略顯發胖的身子並不影響他腳步邁得鏗鏘有力。還是那對半眯的雙眼，透著「為真理而鬥爭」的堅定！他看到台下黑壓壓的人頭，知道今天又到了一個歷史的節點。

現在，他將代表長影黨委，親自為沙蒙、郭維、呂班等二十九名「右派」宣佈全部平反，落實政策。

經歷了黨內多次政治運動的蘇云，驗證了自己心底裡早已總結的──「批了鬥了，再糾正，糾正完了再批鬥」的規律。他一時還摸不清這個「規律」的「規律」究竟是怎樣的一個「鐵律」，但不管怎樣，「糾正」畢竟是好事，畢竟大快人心！

蘇云用似乎被解放的高亢的語調，對著麥克風說：「對被錯劃右派同志進行改正，是關係到能不能堅持黨的實事求是，要不要保持和發揚黨的優良傳統的大問題，對全廠政治生活、民主生活的健康發展，把電影創作儘快搞上去……具有重大而深遠的意義。」

雖然這些話還是有點像念報紙，但人們聽進去了。當蘇云結束他的發言時，場內響起攪拌著酸甜苦辣的掌聲。台下坐得滿滿的全廠職工，有曾經帶頭罵沙蒙是「反黨壞分子」的行政幹部，有把呂班扶進駕駛室的劉師傅，有在「反右」大字報上潑灑筆墨的基層群眾，也有堅決支持蘇云林杉當初為沙郭呂平反發言的創作人員──這是中國極其特殊的一個現象：樸實善良的人民有的被一次次政治運動的旋風吹得暈頭轉向，有的則一時善惡混淆，導致人格分裂，也有一些人僅剩的一點脆弱的人性幾乎被泯滅……但只要是中央下的指示，不管什麼人都能接受，都能重新理解。

這一天來得太遲了。長影被錯劃成右派的二十九人中，已有六人魂落九泉。沙蒙，呂班……都沒有等到他們天天想、日日盼的平反昭雪！

時間到了1967年，「反右」的陰霾還沒散去，文化大革命又開始了。緊接著奪權風浪撲向省一級，一時間所有省委領導全部「靠邊站」，一個個被掛上牌子揪上大卡車遊街示眾。那天林杉又被揪到一台卡車上去陪鬥，他一抬頭，猛然發現車上站著另一個人正直楞楞地盯著他——是宋部長。他們四目相望，無言以對。

十年以後的1977年2月7日，文革剛剛結束，長影廠長蘇雲意外收到一封宋部長的來信。宋部長用漂亮的毛筆字在宣紙上寫道：

「……聽說你有兩次發言，『說明真相』，反映極好。十年間三次驚心動魄的路線鬥爭，歷史無情，人民眼亮，善惡果報，昭昭不爽，歷史唯物主義教育實在痛切……閉目一想，對自己實在教訓太多，很值得好好學習，認真總結……以先糊塗，吾以前常常害眼病，說錯話，辦糊塗事，但有一點，只要心不存壞主意，不是自覺地幹壞事，總可讓人理解。這個教訓至為第一重要也……」

據說「文革」結束後的一次大會上，宋部長站起，面對觀眾脫帽鞠躬，向台下被打成右派的人們行道歉禮。

1979年，林杉與宋部長先後被調往北京工作。赴京前兩人竟在一個樓梯口偶然相遇。這是文革以來兩人在遊鬥的卡車上碰到後，第二次相遇。霎時間空氣凝固，雙方怦然心悸，卻無言以對。腦中一片空白，只剩四目相視。一個傷痕累累，一個百感交集。然後他們幾乎同時張開雙臂，擁抱在一起。回到家後，林杉苦笑地對愛人說：「這一抱，一笑泯恩仇！」

1984年9月，宋部長病重住院。八十四歲的夏衍前往看望。宋部長想說什麼卻欲言又止。夏衍走後，他隨即寫一信給夏衍說：「1957年反右，我在吉林省省委宣傳部工作，分管文教、電影。在長影反右，我實主其事，整了人，傷了朋友，嗣後歷次運動，傷人很多，實為人生一大憾事。三中全會以後，痛定思痛，頓然徹悟。對此往事，我逢人即講，逢文即寫，我整人，人亦整我，結果是整得兩敗俱傷，真是一場慘痛教訓。對所謂「四條漢子」之事，我本不知實情，但以人言嗎嗎，乃輕率應和，盲目放矢。『文革』前我對周揚同志及我公（夏衍），亦因浮言障目，輕率行文，傷及長者，午夜思之，悵恨不已。1961年影協開會時，我在長影小組發言，亦曾傷及荒煤同志，耿耿在心，未知陳兄能寬宥否也。」

……

夏衍接信後回復說：「……對於1957年後的事，坦率地說，由於整過我的人不少，所以我認為你只是隨風呼喊了幾聲而已。況且你當時是宣傳部長，上面還有文教書記，他上面還有第一書記，再上面還有更大的「左派「，所以單苛責你一個人是不對的。」夏衍說他在以往的政治運動中也因左的思想整過別人，繼而調侃說：明末清初有一打油詩：「聞道頭須剃，而今盡剃頭，有頭皆要剃，不剃不成頭。剃自由他剃，頭還是我頭，請看剃頭者，人亦剃其頭」。1974年夏衍在獄中改寫道：「聞道人須整，而今盡整人，有人皆可整，不整不成人。整自由他整，人還是我人。請看整人者，人亦整其人。」夏衍勸宋振庭：往事如煙，錄此以供一笑，劫後餘生，何必自苦，望早日康復。

在我寫這本書時，要不要直呼宋部長大名，我躊躇再三。如果一次人命關天的行為能求得人性的顛覆，也就算值得了。正如父親說的：「一笑泯恩仇」——「笑」，是輕輕翻過歷史尚未發黃的一頁，「泯」，是政治運動中漸行漸遠的裂痕。

宋部長，文思洶湧，才華橫溢。沒有他，就沒有延續至今的黑土地生長起來的吉劇；就沒有今天館藏豐富，彙聚國寶珍奇的吉林省博物館；就沒有館藏四十多萬冊古籍，發展成相當規模的吉林省圖書館；就沒有人能改變被稱為「民國四公子」之一的張伯駒的人生命運……

可是為什麼在政治運動的旋渦中他要「華麗轉身」？為什麼在他急於把別人打入冷宮時沒能稍作一點換位思考？為什麼在忠誠履行上頭政策時不懼人的生命與靈魂的拷問？！

這一切，宋部長在六十三歲病重住院時作了深刻的思考。1984年深秋，老部下董速到北京去看望他。此時宋部長癌症復發，骨瘦如柴。可他興致勃勃請董速一起去西山看紅葉。回憶起一生往事，他仍然以振作心態為自己做詩一首：「六十三年是與非，毀譽無憑多相違。唯物主義豈怕死，七尺從天大唱歸。」

畢竟是文人情懷，病中的宋部長沉重地擺脫著是非的折磨……是什麼讓歷史進程中那些被整的和整人的人都如此痛苦？為什麼中國幾百年幾千年人和人的關係總要變得如此無情、冷酷，以至殘酷？不管是林杉還是宋部長，不管是呂班、沙蒙、還是郭維，他們都向蒼天向大地發出了共同的詰問。而他們的靈魂，依然手牽著手！

1985年2月，宋部長病逝。

醉酒當歌

我是1949年出生的，可是都快兩歲了，父母也沒想起給我起個名字。有一天父親猛然有所悟，於是作為重要提案擺到母親面前，說該給女兒起個名了。母親看著滿地亂爬的我，隨口說：「你看她爬起來像頭牛，就叫她『小牛』吧。」上小學了，父親又覺得「小牛」不太正規，於是改了一個字，叫「小妞」。從此我有了大名。

到了第二年，父親又把我的名字隨手送給了另一個我不認識的小女孩——那是他新寫的一個電影劇本，正苦於裡面的女孩沒有名字，便把我的名字拿去了，我的名字出現在電影裡我還很得意。於是，兩個孩子用了一個名。

那個電影，就是《黨的女兒》。

結果，一些認識我不認識我的，就都以為那個女孩是我演的。我說也說不清，越解釋越糊塗。其實電影裡的「小妞」演得非常好，她叫沈競華，是長影一位女場記的女兒。

《黨的女兒》電影，以她再一次的華彩，高調走進父親的人生。

還是在《上甘嶺》拍攝過程中，沙蒙為了使他領導的這個攝製組接著有戲可拍，便動員林杉趕緊再寫一部電影劇本。攝製組全體人員一致支持沙蒙的建議。熱情的女場記小馮第二天就拿來一部中篇小說在現場給大家朗讀，這就是王願堅的成名作《黨費》。小說以第二次國內革命戰爭年代為背景，描寫了處於白色恐怖下的女黨員李玉梅一心找黨堅持鬥爭最後掩護戰友而犧牲的故事。攝製組的人都被感動了，特別是林杉和沙蒙。沙蒙十分肯定地說，這部小說完全可以改編成電影，並鼓勵林杉以最快的速度完成改編任務。林杉更是為小說中的故事所觸動，感到一些情節與自己過去的經歷十分相似。他沒有猶豫，接過重任，準備立即動手進入創作。他先去江西采風，回來後很快完成了劇本創作。沙蒙對劇本非常滿意，等《上甘嶺》拍完後，他立即奔赴外景地，並著手完成了分鏡頭工作。

可沙蒙突然被打成右派，失去了當導演的權利。按照領導的指示，《黨的女兒》的導演由林農接過去。

林農個頭不高，林杉和他站在一起，相互平視，不高不低。第一眼看林農印象最深的是他那對特明亮的眼睛。他操著一口濃重的川味普通話，動作敏捷，反應靈活。他煙不離嘴，酒不離口，在長影人眼裡，是活脫脫一個大藝術家。

林農原名粟多澤，1919年1月23日出生於四川省南充縣。1938年9月奔赴延安，先入抗日軍政大學學習，後考入魯迅藝術學院學戲劇。1938年12月入黨。畢業後在文工團當演員，曾參加《欽差大臣》、《日出》及歌劇《白毛女》的演出。抗日戰爭勝利後，他隨東北幹部團奔赴解放區東北文工團，後來調到瀋陽東北魯迅藝術學院戲劇系任講師。解放後，先後在東北電影製片廠、長春電影製片廠、北京電影製片廠從事電影創作工作。在

《上饒集中營》《衛國保家》《豐收》中任副導演。先後拍攝了《小姑賢》《閻王旗》《神秘的旅伴》《邊寨烽火》《黨的女兒》《甲午風雲》《兵臨城下》《豔陽天》《金光大道》《大渡河》等多部膾炙人口的優秀作品，在中國電影史上佔有重要位置。

圖年輕時的林農

1954年，林農和謝晉曾經在一部片子裡做聯合導演。那時林農就說，沙蒙是他的老師。謝晉經常聽林農介紹沙蒙是怎樣拍電影，怎樣寫分鏡頭劇本，怎樣選演員，辦事如何認真……林農自稱他是沙蒙一手帶出來的。

1957年，沙蒙等人被打成右派時，林農正在雲南拍外景。回到長影后一看沙蒙成了右派，做的第一件事就是為他的老師鳴不平：「沙蒙老師怎麼會反黨？我最瞭解他。他不可能反黨。」結果，本來沒林農什麼事，幾句話讓他成了右傾，留黨查看一年，降了兩級工資。

此事引起了郭維的感歎，他說林農心胸坦蕩，有什麼說什麼，赤子之心。

林農為沙蒙鳴不平受了處分，又受命接過沙蒙的「導棒」拍《黨的女兒》，心裡本就彆扭，同時又顧慮重重：廠裡早已傳開說《黨的女兒》是個好劇本，那時他自己拍片畢竟不多，又是接拍名作家的本子，一旦拍壞怎麼交待……思來想去還是不想接，可又無法拒絕廠裡的決定，硬著頭皮算答應了。

林杉寫《黨的女兒》，是對王願堅的《黨費》進行了再創造。故事講的是江西老根據地的紅軍長征後，區委書記馬家輝叛變，地下黨組織遭到破壞，女黨員玉梅死裡逃生，獨身一人上東山找黨組織，半路與另外兩個黨員一起成立了黨小組，領導群眾堅持鬥爭。不久，通訊員小程到玉梅家來取黨小組為遊擊隊準備的鹹菜，被敵人包圍。為掩護小程，玉梅挺身而出，英通就義。劇本印出來立即在廠內爭相傳閱，演員們對參加《黨的女兒》拍攝也極其嚮往。

林杉和林農在創作中共同認識到，按照中國的文化傳統，一部好電影首先要有個好故事。而故事一定要具有傳奇性。林杉說，作品必須有一奇，然後方能傳之。用當年的視點看，《黨的女兒》裡有幾個「奇」是可圈可點的。影片一開始少將王傑參加八一建軍節文藝晚會，已長大成人的小妞登臺演出，一曲熱情奔放的「興國山歌」勾起了王傑的回憶，接著一對失散二十二年的父女相認，這本身就充滿傳奇色彩。更奇的是李玉梅在敵人大屠殺中神奇地活了下來，讓周圍的人都嚇了一跳，有的以為遇到了鬼，有人以為她是叛徒……影片最後玉梅拿鹹菜當作黨費交上級組織又是一奇……正是這些傳奇的情節牢牢地抓住了觀眾。

在50年代中期，作者能夠在革命歷史題材中捕捉和發現「傳奇」色彩，這不能不說是創作上的一個明顯進步。正如林杉說：「奇」決不是離奇荒誕，它往往出現在生活中，由作家去選擇，或是在現實生活的基礎上由作家想像與虛構而成。這種「奇」的另一作用是把作品中的人物放到「奇事奇境」裡，也就是放到最尖銳的典型環境裡，這就能夠最本質地揭示社會矛盾，使人物感情達到最飽和程度。他還說，中國的古典小說和戲劇就帶有傳奇特點，是因為作家發揮了最豐富最活潑的想像力，同時還使用了必要的誇張手法，這就使作品具有濃厚的浪漫主義色彩。這種傳奇特點在中國古典小說和戲劇中是一脈相承的。

其次，《黨的女兒》在人物塑造方面，比《上甘嶺》有了更成熟的發揮。有評論說《上甘嶺》的張忠發與《黨的女兒》李玉梅是不同的。一個是「烈火中的金剛」，一個是「疾風中的勁草」。李玉梅外表是個柔弱女子，在大雪壓頂的困境中卻外柔內剛，堅強沉穩。《黨的女兒》故事的曲折性和觀賞性，在解放初期多數作品好人壞人涇渭分明一目了然的公式中，應該是獨到的。

影片中有一個重要情節，就是如何寫叛徒馬家輝夫婦。馬原本是共產黨的區委書記，貪生怕死投敵。他的老婆桂英卻為此感到羞恥，悔恨難當。李玉梅找到馬家輝並得知他叛變怒斥後奪門而逃，馬家輝抓住她不放，這時痛苦的桂雲沖過來死命拖住丈夫，大喊讓玉梅快跑。馬家輝無奈拔出手槍向桂雲開槍。玉梅逃脫了，桂雲的死卻讓觀眾深切感到人的真實——背叛和犧牲是可以存在於一個靈魂中的。這個情節驚心動魄，卻發人深省。

把《黨的女兒》劇本變成視覺藝術，林農導演煞費苦心。他竭力調動各個藝術元素，圖像、光線、色彩、音響、鏡頭變換、場面調度，都力求達到當時有限的技術條件下的最高水準。

《黨的女兒》公映以後一直受到觀眾的喜愛，當時被認為是林杉的「顛峰之作」，被評為「1958年最受歡迎的國產影片」。著名作家、當時的文化部部長沈雁冰曾題詞向該片致以祝賀，並認為「田華塑造的李玉梅形象是卓越的」。接著此片到蘇聯、民主德國等國家放映，也取得了轟動效應。《黨的女兒》自1958年問世以後，不僅成為電影藝術久盛不衰的精品，在電影院和電影頻道反復放映，而且被改編成多種兄弟藝術形式。

林農愛喝酒是全廠有了名的。他在寫分鏡頭劇本時必須與酒相伴才能有靈感。他總拿著一個寫著「獻給最可愛的人「的大白瓷缸，裡面盛滿老白乾。也沒菜，桌上是一疊分鏡頭稿紙，喝一口寫幾行，寫幾行喝一口。酒沒了，鏡頭也分完了。著名攝影師王啟民說：「林農寫的分鏡頭導演臺本都能聞出酒味來，激情越高，酒味越大。」

林農契而不舍地使盡各種辦法喝酒也是別出心裁的。「文革」中他和眾多「牛鬼蛇神」睡一個大鋪，白天值班人員發現通鋪下許多鞋和舊紙箱後面藏著一個白塑膠桶，桶裡裝的全是白酒。一根細塑膠管從酒桶一直通林農的鋪位。原來每到夜深人靜林農就躲在被窩裡吱溜吱溜吸上幾口。事情敗露後林農被要求作「深刻檢查」。他說自己沒遵照毛主席的教導「鬥私批修」真是罪該萬死，還說愛喝酒是想麻醉自己的神經，是對毛主席不忠的表現。但當他的檢查勉強通過後，他沒忘了說：「剩下半桶酒老白乾能不能還給我，不喝浪費，就更加罪該萬死了。」在場人都很嚴肅，心裡全都笑翻了天。

記得我小學三年級住在小白樓時，一放學把書包一扔就鑽到攝影棚看拍戲。至今我還記得一次看林農拍《甲午風雲》的一場戲。用木頭做的清朝「遠洋艦」的駕駛艙搭在高高的攝影棚上空。攝影師王啟民叔叔像抓小雞似的把我抱上架在空中的攝影機前，示意我往一個小洞裡看——天哪，那裡有一個和螢幕一樣的長方形小四方塊，能看到駕駛艙裡的「鄧士昌」。只見導演林農屁股後面掛著一個酒壺，每次開拍前他一定要先仰脖咕嘟一口酒，然後一聲高喊「開始」，於是窗外拿著火把的人一個個輪番向後跑，駕駛艙好像在往前行，四周泛起滾滾濃煙。

《甲午風雲》正式放映了，我看得淚流滿面。沒想到我在現場看到的那場戲，竟然是林農的「絕妙」一筆——由於清朝政府的腐敗，這場十九世紀最大規模的海戰最終以遠東第一艦隊北洋水師的全軍覆滅而結束。林農是這樣處理鏡頭的：鄧世昌指揮的「致遠號」被魚雷擊毀後，他與自己的愛犬一起沉入茫茫大海，導演給這組鏡頭幾乎都是全景和遠景。而致遠艦開向日本吉野艦準備同歸於盡時，扮演鄧世昌的遼寧人藝著名演員李默然雙手把舵，把大辮子向後一甩，怒目圓睜，駕艦向敵艦沖去。導演給這組鏡頭幾乎都是近景和特寫。因此人們印象更深的是鄧世昌最後雕塑般站在操縱臺上，他駕駛軍艦沖向敵人的形象深入人心，而《甲午風雲》的主題，就不僅僅是突出「國恥」了。

從1950年開始，林農一生拍了十九部電影。拍攝時間前面搭著「反右」後面跨著「文革」，拍攝過程充滿了「傳奇故事」。

林農原來是演員，當導演後，他同英國大導演希奇柯克一樣，喜歡在每部影片裡都給自己留一個小角色。他在《黨的女兒》裡演一個槍殺共產黨員的匪兵，因為演得逼真，「文革」中竟成為他仇恨共產黨的一大罪狀。林農哭笑不得，只能不停地往嗓子眼裡倒白酒。

最要命的是1962年拍《甲午風雲》時，鏡頭幾乎快完成了，長影廠廠長突然把林農叫到身邊，要求他必須把鄧世昌拍成「資產階級革命家」，而且是「必須」。林農頓時就懵了，這鄧世昌明明是軍艦的艦長，什麼時候當「革命家」了？還是「資產階級」的？在拍《甲午風雲》之前，林農早已翻遍了有關歷史資料，他對這沒頭沒腦的「指示」氣得竟一句話說不出來，獨自一人坐在那裡生悶氣。當時的廠黨委書記前來安慰他，此時林農跟書記也無法溝通。回家後又火又惱的林農捏起酒杯，卻連高度白酒都讓他找不著感覺了。

後來林農直接向北京的電影局局長陳荒煤彙報，說《甲午風雲》沒法拍了他只想自殺。萬般無奈，林農想了個辦法，先按原劇本拍著，外人搞不清都拍了些什麼。然後把樣片先送北京審查，如果通過了再回過頭壓廠裡，來個先斬後奏。可沒想到第一次送審沒通過，林農導演呀，萬般無奈！

1963年2月，上級決定要將話劇《兵臨城下》改編成電影，這個任務交給了長影。廠領導班子決定由林農擔任導演，由當時的藝術副廠長林杉將任務交給了林農。林杉萬沒想到，他實際上是交給了林農一個大麻煩。

原來這一年四月，林杉接到通知，說周恩來得知話劇《兵臨城下》要改成電影，想約主創人員談談。於是當年的電影局局長陳荒煤帶著主管長影劇本創作的副廠長林杉和編劇白刃前往總理處聆聽了周總理談《兵臨城下》的修改意見。回來後林杉交待白刃與林農一起按照總理的意見修改劇本，並很快進入拍攝。

可是影片放映後，第一個站出來反對的是林彪。他似乎覺得反映地下黨鬥爭的歷史有抹殺前線打仗之嫌。林彪武斷下令不許部隊看《兵臨城下》，並授意江青介入。接著江青跳了出來，與林彪一呼一應，指責影片為某某人翻案，然後把此片打成大毒草，扣上「美化敵人，為國民黨樹碑立傳」的大帽子。「兩報一刊」也用很大篇幅展開批判。

意外的是，《兵臨城下》上映後大受歡迎，電影院往往一天要放十幾場。這邊林農被點名批鬥，那邊放映場場爆滿。造反派把林農拉到各個單位去接受批判，接著把他關進牛棚進行折磨。林農耳膜被打裂，臉被皮帶抽腫，一跪就是四個小時，裡外三套衣服全濕透。可意外的事情仍在發生——一些影院本來是為了批判才放映《兵臨城下》的，竟經常發生影片結束了燈還沒亮觀眾先鼓起掌來，搞得造反派很是無奈。挨完打的林農認准了「你批你的，我喝我的」。此時他最大痛苦竟是沒有酒喝。一位工人偷偷送了他一瓶酒，林農高興得把所有的痛苦拋之腦後。

1976年1月8日，周恩來總理去世。1月9日一清早，導演宋江波在走廊忽然聽到會議室裡有人失聲痛哭。他向裡一望，原來是林農導演。他沒敢走進去，他第一次看到一位老人這樣悲痛地放聲痛哭，自己的眼淚也不覺流下來。林農的哭聲一聲高過一聲，像一個找不到媽媽的孩子。後來林農說，他聽到總理去世覺得好像天塌下來一樣，宋江波從老人明顯憔悴的面容，看到了他對國家前途的憂慮。

林農，這位一生都在深刻解讀人物性格及人性美醜的電影導演，也許這一刻他想起了十幾年前周總理連看了三遍《兵臨城下》話劇，就如何改編電影劇本多次作詳細指示。林農深知周總理懂藝術，從來不提公式化、概念化意見；周總理尤其提到處理敵人形象不要簡單化臉譜化……林農和創作組成員滿以為有周總理支持《兵臨城下》應該能獲得成功，沒想到橫遭江青等人批判。林農從心裡感到疼痛，他明白「項莊舞劍，意在沛公」。他的慟哭傳遞出他對自己的總理為民族苦難的擔當、飽受精神折磨的理解和心痛。

以後林杉在他的一篇文章裡說：「林農是一個更深刻理解周恩來，並與周恩來的人格有著許多相通的人。」

政治鬥爭的是是非非無休止地糾纏著文藝創作，林農被折磨得苦不堪言。

1973年林農拍攝《豔陽天》就更逗了。當時的工、軍宣隊硬說戲中的肖長春是英雄人物，所以必須仰著拍，否則英雄不高大，體現不了「三突出」。林農當時就急了，反駁說：「怎麼突出？我把人綁在長影的大煙囪上就高大突出了？我能那麼拍嗎？」於是這個「大煙囪」成了林農的「名言」，造反派對他進行了長達幾個月的批鬥。可貴的是，那時的林農頂著巨大的政治壓力，仍堅持盡可能賦予主人翁一個普通中國人的人情冷暖和喜怒哀樂。不管外部環境怎樣惡劣，他自有心中一片自由溫馨的田地。

1975年拍《金光大道》又叫人哭笑不得了。當時的長影工宣隊隊長是來自二二八廠的一名門衛，擔任長影的黨委書記，軍代表是吉林軍區的一位生產部長，擔任長影廠長。領導們看過劇本後說通不過，於是決定發動群眾改劇本，一時間廠內貼滿了群眾修改電影劇本的大字報。革委會又從廠裡各部門抽調了兩百多人，把林農和年輕的記錄員小肖團團圍住，任憑革命群眾七嘴八舌，有說這麼改，有說那麼改，開展了一場《金光大道》「劇本大匯戰」。結果劇本從頭到尾前後改了十五稿，歷時一年之久，累計達九十多萬字，累得小肖徹夜難眠。那時沒電腦，只能用「剪刀加漿糊」沒完沒了的貼來貼去。最後林農怒火中燒終於忍不住了：「這哪兒是創作呀？簡直是胡鬧」。林農導電影，他偷偷向沙蒙請教，悄悄與呂班交流，可從來沒想到會有這樣一種創作方式，氣得他只能繼續仰起脖子喝酒。

雖說沙蒙郭維他們被打成右派，但他們在五十年代拍電影還是「自由」的，他們畢竟沒有被更多的極左思潮干擾；林農雖說沒當右派，但他在創作最高峰期始終經歷著從反右到「文革」左的煎熬。人很苦，心很累。但可貴的是，他沒有站到左的一邊，盡全力拍出更符合歷史事實，更富有人情味，更展現人性美的優秀電影，這是林農一生中最光彩的一面。

長影演員朱德承曾記下了這樣一個夜晚：文革後的一天，林農和郭維兩位大導演在房間裡喝酒，一瓶五糧液，一包四川臘肉幹。當時郭維要把一位作家的小說《老處女》搬上銀幕。林農勸他不要拍這類題材。他說：「這類題材的電影拍出來無非是揭我們黨的短，說黨犯錯誤，這種東西老百姓看多了是什麼感受？看了就想起「文化大革命」，除了難受就是恨，有意思嗎？尤其你郭維不要拍這類題材，誰都知道你從57年開始就挨整，一直到『文革』都沒好過過。說一千道一萬，那也就是媽打孩子，你能怎麼樣？能反過來再打媽幾下嗎？這些年是把咱們折騰夠嗆，可咱們比起荒煤同志還是強多了，我們畢竟沒有進監獄，人家荒煤同志從監獄出來還積極工作……」

這是真實的林農。

拍完〈黨的女兒〉，林農除了接過林杉的又一部劇本《試航》外，他們再沒有機會合作。文革中林杉挨鬥，林農挨批，兩人一起被關在「牛棚」。可林農始終堅持「出棚就拍片，挨批就喝酒」，一次一次被打壓，一部部出成果。他耿直的性格和對藝術的執著一直在廠裡傳為佳話。他把他所有的激情和理念，都深情地投放在他的作品中。

1970年1月，「文革」中的林杉戴著「叛徒、臭老九和走資本主義當權派」三頂帽子被押送下鄉勞動改造。1972年回到長春，臨時被安排住在長影廠對面的建工學院的大教室裡。此間林杉已經整整八年沒有寫一個劇本了。有一天林農突然敲門進來，林杉喜出望外。他們相互望去，頭髮都白了，背都有點彎了，說話的聲音都減弱了。林農說他正在籌備寫張學良的劇本，一聽說林杉回來了，就主動向組織要求，請林杉一起參加採訪，一起出外收集材料。經歷了「文革」風風雨雨的林杉聽說他又有了重新寫作的機會，竟激動得一時不知說什麼好。

臨出發採訪前，為了寫採訪提綱，林農拿來了一大堆材料給林杉看。林杉一邊看一邊記，他感到當年採訪上甘嶺的感覺又回來了，當年塑造李玉梅人物形象的激情又回來了。他很快完成了採訪提綱。林農說，他去找人聯絡採訪事宜，讓林杉等回音。林杉高興得像個孩子，能重新參加工作才是他最大的幸福。他從每支筆每張紙到每件換洗衣服，都作好了最細心的準備。考慮到組織上對自己的還沒有最後落實政策，他特意托人捎信給林農：林農外出可坐軟臥，但現在政策還沒落實，自己坐硬坐也無妨，千萬不要為他跟組織爭待遇。可是，左等右等，林農一直沒有來。

林杉急了，就自己跑去問林農，是不是有什麼困難呀？這時林農才說，省裡某領導不同意林杉參加創作，說「暫緩外出」。

林杉頓時呆住了。記得那天下午我去大教室看望父親，他半靠在床上，一隻胳膊搭在額頭上。他對我說，他做了一個夢，夢見他坐在飛奔的火車上，對面坐著張學良。他們相對而坐誰也沒有說話，當火車到了西安時，夢斷了……

林農痛失了一次和林杉合作的機會。除了喝酒，他知道說什麼都沒用的。他手拎酒瓶，眼戴墨鏡，平頭白髮，獨往獨來。林杉不止一次說，林農是個大好人。的確，他一生淡泊名利，很少接受媒體採訪。他認為，他的所有想法，都在他的影片裡了……

2002年7月21日，林農走了。

追悼會上，家屬依照他生前的願望，放的送行曲不是慣常的「哀樂」，而是電影《黨的女兒》插曲「興國山歌」——這首根據江西老革命根據地的民歌改編的電影插曲以它特有的意味在告別大廳徘徊。送行的朋友們聽懂了，懂得林農盤桓在一個節點上——他分明在對先他而去的沙蒙說，我的恩師，我的摯友——林農來了。聽啊，這就是當年你交到我手的那支「出征歌！」

哎呀來

炮火聲呦戰號聲

打支山歌與你聽

紅軍哥哎

百萬草鞋送你們……

林農的朋友和曾經的合作者為他捐款建了一塊墓地。他們說，林農是一位真正的藝術家，是最質樸、最執著、最沒有雜念的人。他那個時代沒有那麼多評獎，也沒有那麼多報酬，他就那麼安然地為電影勞碌了一生。為林農建墓地，是為了有一個可以想念他的地方……

泣血蒼鷹

時間到了1966年。「文化大革命」裹挾著瘋狂的激情和沒由頭的憤怒席捲神州。

4月11日，中共中央宣傳部發出《關於公開放映和批判一批壞電影的通知》。隨即，報刊上發表大量文章，批判《兵臨城下》、《桃花扇》、《逆風千里》、《兩家人》、《球迷》、《抓壯丁》等影片，它們被定名為「反黨反社會主義大毒草」。

6月1日，《人民日報》發表《橫掃一切牛鬼蛇神》，把《五・一六》通知內容捅向全國。自此，一場全國性的、歷時十年的「文化大革命」爆發了。

吉林省的疾風暴雨是從長影那個大劇場開始的。

長影劇場全稱叫「長影演員實驗劇場」，曾經是長影十四個放映室中最大的一座，有一千二百五十個座位。它是建國初期東影廠職工自已動手一磚一瓦壘起來的。1952年底大劇場竣工後全廠職工每人拎一個小馬紮，在這裡召開了第一次慶祝元旦全廠總結大會，歡天喜地進行了大團拜。以後這裡除了看新電影和內部電影外，長影演員劇團還時常在這裡演話劇。大劇場還上演過越劇、彩調戲、吉劇、評劇、山西梆子、河北梆子……長影樂團在這裡舉辦過轟動一時的交響音樂會。

6月11日，「內定右派」林杉終於到了被揪出來的時機。長影貼出了第一張大字報，林杉大名第一個登場。然後從東北局到吉林省委，東三省的輿論工具一齊發聲，排山倒海般的發動了向林杉開炮的戰役。他的罪名是「大叛徒」、「資產階級反動學術權威」、「走資派」，另一罪名是《兩家人》。

這一年的7月，吉林省委派到長影的工作組與「廠文革」聯合行動，首先在大劇場組織召開了「批判反革命修正主義分子林杉大會」。十年前就被吉林省委內定為右派的父親林杉在長影劇院第一個「登臺亮相」。長影的造反序幕就此拉開。

1966年8月27日，吉林大學的一群紅衛兵高喊著「革命不是請客吃飯」，沖進長影的大劇場，說長影是個「廟小妖風大、池淺王八多」的「反革命修正主義黑窩」，把批判大會變成了「揪鬥全廠黑幫」的戰場，廠領導和藝術幹部紛紛被揪到了臺上戴高帽下跪。長影一時被「紅色恐怖」籠罩。這是長影歷史上最黑暗的一天。

聲勢浩大的長影「揪鬥牛鬼蛇神大會」開始了。彷彿無形的巨石壓著每個人透不過氣來。那個神聖舞臺上黑壓壓跪了一片「牛鬼蛇神」。跪在最前面的是蘇云，緊挨著是林杉、胡蘇等廠領導班子成員，然後是中層幹部和有名氣的導演們，呂班、林農、蘇裡、王炎、趙心水、於彥夫、唐漠等等。造反派喊一個就揪上去一個，不一會臺上就滿滿地跪了一百多人。每人頭上都扣著一頂高高的紙帽子，有的扣著紙簍，上面寫著各自的「罪名」：

「走資本主義當權派」

「反動藝術權威」

「資產階級的孝子賢孫」

「封建階級的保護傘」

「漏網大右派」

「惡霸導演」

「毒草專家」

「黑線人物」

「黑幹將」

父親林杉的帽子上還多了一個「大叛徒」。

此時此刻不需要任何編劇和導演，造反派導戲，眾人演戲。在那個人造的虛假世界裡，悲劇、喜劇、鬧劇、滑稽戲輪番上演，隨時有人能想出各種震撼人心的臺詞，台下口號聲此起彼伏：

「橫掃一切牛鬼蛇神」

「徹底砸爛長影這個資產階級大染缸」

「打倒長影資產階級文藝黑線專政」

「敵人不投降，就叫他滅亡！」

正值酷暑，跪在臺上的一百多「牛鬼蛇神」一個個汗流浹背，林杉因瘦小，不一會兩膝就跪得沒了知覺。蘇云臉上滴著大粒汗珠，幾乎要昏倒過去。周圍有膽小嚇尿了褲子的，有女同志月經來潮，血水淌在了地板上的；有人嚇得直抖，有人開始哭泣……可是這個時候誰也救不了誰。

「文革」結束後父親回憶起長影大劇場的這段經歷，他痛心地說：「跪在臺上的那一刻，別說尊嚴，就連活下去的願望也沒有了。」

大劇場見證了長影廠的動亂，見證了「文化大革命」絞殺人性的罪行！

如果說文革前兩年沙蒙在屈辱中過早地離去，成為林杉心中永久的痛，那麼文革開始兩年後，他的另一個為《上甘嶺》作出特別貢獻的朋友張海默被文革暴徒亂棍打死，對林杉則是另一次難以承受之痛。

《上甘嶺》有一個精彩情節至今令許多觀眾難忘，並受到評論界一致好評——在戰火紛飛的坑道口，有一天溜進來一隻小松鼠，戰士們樂壞了，東追西堵抓松鼠。連長張忠發也格外驚奇，摘下帽子和大夥一起抓。他們悄悄靠近小松鼠，連長圓瞪著雙眼，屏住呼吸，邁一步，再邁一步，瞅準時機把帽子往下一扣，到底叫他一把抓著了，張忠發樂得像孩子般合不攏嘴，戰士們羡慕得抓耳搔腮。

這是非常精彩的一個情節。在上甘嶺戰役中，隨時準備交出生命的戰士們遇到了一個可愛的小生命，他們無限珍惜，小心捕捉，抒發著熱愛和平思念家鄉的情懷。這一情節的加入，既舒緩了影片的節奏，又把戰士們樂觀、活潑、對生活的眷戀，以及張忠發性格中的天真、稚氣淋漓盡致地統統表現出來。這是《上甘嶺》創作中的絕妙一筆。

向林杉提供這一細節的，就是當時的北京電影製片廠編劇、作家張海默。

那是在一次由電影局副局長陳荒煤主持的《上甘嶺》劇本討論會上，張海默對劇本提出了不少建設性意見，林杉一直保有清晰的記憶。其中有一條就是他建議劇本增加一隻小麻雀飛進坑道的細節。張海默說：「我們的戰士在殘酷的戰爭中，仍然熱愛生命、熱愛生活！」林杉當即拍手叫好，認為張忠發和戰士們抓麻雀的戲會成為全片的一個亮點。沙蒙為拍攝方便，把麻雀改為松鼠，果然獲得一個人人叫好的細節。

沙蒙和林杉還把小松鼠的戲再次發揮，如戰士毛四海上陣前把小松鼠託付給戰友；在嚴重缺水的困境中，毛四海寧肯自己不喝水，也要用岩石上的滴水餵養小松鼠；直到戰役結束，在影片結尾處女衛生員在一棵燒焦的樹枝上撒手將松鼠放了……一隻小松鼠成了影片的「貫穿人物」，既表現出戰士們善良可愛、富於生活情趣的性格，也形成了一種「戰爭與和平「的隱喻。

影片拍完後，那只小松鼠被演班長的演員白英寬帶回家撫養。小松鼠帶給人們的溫馨，久久地留在人們的記憶中……

張海默比林杉小九歲，但做電影編劇比林杉還要早些。他1923年出生，山東人，中共黨員。1941年這位熱血青年毅然奔赴晉察冀華北聯大文藝學院學習，1948年又從華北一路步行奔赴延安進入魯藝戲

劇作家　張海默

劇系學習，歷任熱河勝利劇社創作組幹部，中南文聯創作組長，北京中央電影局劇本創作所編劇。張海默從40年代開始就發表作品。1955年加入中國作家協會。著有長篇小說《突破臨津江》，獨幕劇劇本《糧食》，歌劇劇本《十五的月亮》(四幕)，以後改編成著名電影《話劇劇本《礦山的主人》、《火》，電影文學劇本《草原上的人們》，（插曲「敖包相會」）、《母親》、《春城無處不飛花》、《深山裡的菊花》、《春城無處不飛花》、《血染的哈達》等。

這是一個激情滿懷的熱血青年——解放戰爭，他隨軍渡江南下；抗美援朝，他直奔臨津江；隨軍進藏，在世界屋脊擁抱解放……

正是這樣的革命經歷激發著張海默的創作靈感，使他才情四溢，成為多產快產的作家，在話劇、小說、詩歌、散文、雜文、電影等領域均有造詣。

歌劇《十五的月亮》是現代劇作家張海默於1948年-1949年創作的一部內蒙古題材的漢語歌劇。這部歌劇直接孕育了1953年電影《草原上的人們》的插曲《敖包相會》的誕生。從這個意義上講，海默真正算得上中國第一代電影人了。

十五的月亮升上了天空喲
為什麼旁邊沒有雲彩
我等待著美麗的姑娘
你為什麼還不到來
如果沒有天上的雨水喲

海棠花兒不會自己開
只要哥哥你耐心地等待呦
你心上的人兒就會跑過來呦

海默是《敖包相會》的主要作者之一。他早先的內蒙古歌劇《十五的月亮》的音樂幾乎全部使用蒙古族民歌。這一歌劇的創作與海默在冀察熱遼魯迅藝術文學院的工作經歷有關。他正是在這種革命生活鍛煉和蒙古族文化語境薰陶中開始了蒙古族題材的文學創作。他雖不是音樂家，卻一直注意收集民歌民謠，他說他對「民間文學有一種特殊的喜愛」。他還能唱各地不同風格曲調的民歌。在寫作《十五的月亮》劇本時，當年的藝術界朋友斯琴高娃連續一星期每天只睡四、五個小時，海默一邊寫她一邊抄，他改一遍，她抄一遍，最終完成了這一「獻給內蒙的禮物」。

今天再讀《十五的月亮》劇本仍然感覺親切感人。它取材於現實生活，講述了當時最真實反映社會問題的民間故事。它不流於一般的政治說教，而是選擇了「愛情」這一永恆主題作為戲劇的貫穿線索，將愛情的苦難置於蒙民的社會鬥爭的時代背景之下，讓觀眾看到美好的愛情怎樣一步步被毀滅。整部作品充滿了戲劇衝突，以浪漫的「十五的月亮」作為首尾呼應，將情與景，現實與憧憬交融在一起。全劇音樂來自民歌、民間器樂曲、創作作品和外國音樂，其中絕大部分是蒙古族民歌。

電影《草原上的人們》插曲當年在城市幾乎家喻戶曉。尤其是一部電影竟有兩支歌曲穿越時空，至今還在廣為流傳，並早已成為風靡一時的金曲。

1950年，林杉和海默相識於北京舍飯寺電影局那個大院落裡。林杉在他寫的一篇文章中說到：張海默為人憨厚、豪爽、思想敏捷、才氣橫溢，是一位極有前途的青年作家。他愛讀書，嗜書如命，是一位藏書家。他住的寶禪寺宿舍，原是王爺府的一間客廳，他用書架隔成三間屋子，每間屋子從平地到棚頂全是高高的書架，一層層摞滿了書。其中有不少是海內的珍本和善本。林杉經常在他的書架前流連忘返，由此兩人過從甚密，成為莫逆之交。

1957年，沙蒙蒙難，被定為長影「反黨集團」的頭目，林杉則被視為這個「集團」的「支持者」，被勒令作交待檢查，處於極度苦惱之中。此時遠在北京的張海默一封接著一封地給林杉寫信，用撫慰、信任的語言溫暖著林杉的心，並且竭力勸林杉遷回北京。張海默為此還到處奔走，竟為林杉租賃了一套房子，用自己的工資為這套房子支付租金。

山東漢子張海默長得粗壯結實，鼻直口闊，透著剛毅堅定。濃黑的眉毛下一雙大眼炯炯有神。雖已過不惑之年卻有著虎虎生氣。他從小性格剛烈、愛恨分明，為人直爽，卻又有老牛不屈的犟脾氣。有時有些粗直，卻又含天真的赤子之心。林杉說他是條「漢子」，是「血性男兒」。1959年至1960年期間，張海默說大躍進都是假的，大煉鋼鐵也是假的，逼死了幾十萬人，又說徐水縣搞虛誇等等，與當時的電影廠廠長和市委領導發生爭執，於是說他攻擊大躍進，攻擊人民公社，攻擊黨中央毛主席，給他扣上「漏網右派」的大帽子，受到了開除黨籍，撤銷編劇職務，工資降三級，下放京郊監督勞動的嚴重處分。

他執筆改編的電影劇本《紅旗譜》、《糧食》等影片開頭也全抹去了他的名字。當時正是三年困難時期，由於勞動過度，營養不良，不久他便半身麻木，臥床不起，常常三天兩頭吃不上飯，再加上在朝鮮戰場上負傷後，敵人留在他身上的子彈還沒有取出，創傷時常復發，無錢醫治。這種痛苦的日子，一直延續了兩年之久。他的小說《洞簫橫吹》被認為是故意醜化革命幹部，在反右傾運動中被打成「大毒草」。張海默一直不服，通過朋友把材料遞到了陳毅手中，陳毅調來影片看後認為沒問題，在1962年的廣州召開的大型會議上最先提出海默的問題應該平反，海默得以死而復生。周恩來、陳毅親自過問全國話劇、歌劇、兒童劇等劇種的發展，批評了當時社會上一些簡單化的「左」傾思想，有關部門才為張海默和他的《洞簫橫吹》平了反。

可到四清時北影廠又把海默當作批鬥靶子，要新賬老賬一起算。由於周揚出面說大多數同志屬於認識問題，對海默的批判才不了了之。

1966年的春末夏初，張海默和著名演員陳強結束「四清」工作同坐一列火車前往北京。陳強挺喜歡海默這個人，這回又同去一地搞「四清」，交往甚多。陳強知道海默有山東人典型性格，豁達，爽朗，主持正義，愛打抱不平。見人打架，總是上前竭力相勸，有時勸著勸著就和不講理的打了起來。他對自己的錢物從不吝惜，朋友可以隨便花用。

火車在行進中，離貧窮的南天河越來越遠。陳強和海默望著窗外山西的景物——那山，那田，那水，那樹，引起了他們對往日的回想。海默突然打破沉默，問陳強：你聽到《林彪委託江青召開部隊文藝工作者座談會紀要》嗎？

陳強：聽到。

海默：要批「文藝黑線」啦！

陳強半信半疑。

海默：據我看，這次運動來勢異常兇猛。

形勢果然被海默言中。

文化大革命來臨，硬骨錚錚的張海默再一次陷入挨整的命運。除了對他抄家、批鬥及施以各種花樣繁多的折磨之外，又因他曾與一些同志議論並傳看了江青三十年代的劇照，成為「四人幫」迫害他的藉口。文革開始後，北影廠的造反派說海默的《敖包相會》全是黃歌，決心徹底收拾他，張海默死不低頭認罪，於是第三次被揪出來，剃了光頭，反復批鬥，坐噴氣式，天天挨打，可他就是一聲不吭。

據著名導演謝添說，開批鬥會時，大家都低著頭，海默卻不老實，頭給按下又抬起來，再按下又再抬起來。把他關起來後，造反派進屋打他，他還敢還手，並把窗戶玻璃打碎，大喊大叫：造反派打人了！鄰居田壯壯回憶說，那海默特橫，拿著老粗的火通條，向來抄家的紅衛兵喊：你們不許進我家！我這些書有很多孤本，絕版——海默家有二十四個書櫃藏書！

可惜呀！那個混亂年代，誰懂得什麼叫「孤本」？什麼是「絕版」？

海默疾惡如仇，曾流著淚向作家馮牧痛斥過江青，並表示：讓這個女人奪了權，會把我們黨帶到哪裡去！反正我鐵了心，就是打死我，我也不會給他們低頭。

堅強的張海默身處最艱難時期卻依然保持著一顆善良心。有一天，他發現有一位挨整的朋友心事重重，放心不下家中的父母老小。為讓這位朋友早點解脫，海默用手指指自己說：「沒關係，你揭發我幾條，往我身上推。」勞改鋤草時，女演員淩元發愁說她從小到大沒鋤過草，鋤錯了怎麼辦？海默說「你就躲在我後面幹，出了錯，我擔著！」

兩次被打倒兩次被平反，海默已把生死看得很淡！

1968年5月14日，北京電影製片廠和電影學院的一夥打砸搶分子，將張海默懸吊在當時的小西天電影學院攝影棚頂，用上千瓦的聚光燈照著他的臉，然後堵住他的嘴，用衣服蒙上他的臉，用竹條抽打並拳擊腳踢，致使海默內臟破裂，血水從尿道流出染紅褲管……造反派邊打邊問，你反對江青同志，認不認罪？海默和往常一樣一聲不吭。於是再打，邊打邊吼：我叫你硬，看你還硬不？非人性的殘酷毒打和非法審訊逼供達三天之久。倔強的張海默死不告饒。1968年5月16日晚10時左右，張海默停止了呼吸，時年四十五歲。

作為「死心塌地的現行反革命分子」，海默的遺體好幾天橫在醫院的地下室裡無人收屍。後來單位出面火化，骨灰扔棄。

七年之後的1975年7月，「四人幫」控制下的「文化部核心組」以「惡毒攻擊毛主席的無產階級司令部」為由，將海默定性為「現行反革命分子」，開除黨籍。

1978年，文化部黨組決定為張海默徹底平反，並於這年4月在北京工人體育場舉行萬人大會，為在文化大革命期間受「四人幫」迫害的張海默等人公開平反昭雪，恢復名譽。而打死他的兇手僅僅是開除黨籍，停止工作和工資降級處分。

人言：人在老去，歷史在漸行漸遠，流血的傷痕竟然如此容易被平復。

百靈鳥雙雙地飛是為了愛情來歌唱
大雁在草原上降落是為了尋找安樂
啊哈呵哼，我們馳騁在草原上
為了幸福的生活
我們打死野狼是為了牛羊興旺
我們趕走敵人是為了草原解放
啊哈呵哼，我們努力工作是為了幸福生活……

今天，張海默編劇的電影《草原上的人們》插曲「敖包相會」和「草原牧歌」依然在民間傳唱。它優美，婉轉，那麼溫馨與美好。誰能想到，創造這美好的人，卻遭到人類最殘忍、最惡毒、最慘無人道的迫害！誰又能解釋，這是為什麼？

張海默獲平反消息很快傳到了膠東半島。1982年，海默的故鄉龍口市重修地方誌，史志編纂委員會將海默作為當代電影劇作家、小說家收入《龍口市簡志·人物》和《龍口市志·人物》之中，志書中說：「海默勤奮創作，不計個人名利，建國後他幾乎走遍了整個中國，豐富了創作素材。他寫得快，寫得多，寫得及時，人們稱他為『多產和快產作家』」。稱讚「他的文學創作路子很寬，在電影藝術方面成就尤為突出」，是「具有熾熱的革命激情，旺盛的創作潛力，敏捷的藝術才思的作家」。

「文革」還沒結束，張海默的死讓林杉痛心疾首，不能自已。他想著「坑道裡的那個小松鼠」，深深懷念他的知已朋友張海默。都說好男兒輕易不拋淚，可我知道父親掉淚了。在「上甘嶺」陣地流下的是壯懷激烈的淚水，在他永遠失去了能交心，能談藝術、談創作的朋友時，他心中流淌的是無以訴說的哀傷……

松樹下的白骨

20世紀60年代初期。中國「大躍進」的熱潮剛剛退去，大潮卷過的經濟、文化、社會發展出現嚴重滯後。被「躍進風」吹得頭腦發熱的幹部群眾還沒來得及冷靜一會兒，中央又號召大家要實事求是，調查研究。

1960年下半年，習慣了「喊口號、吹大牛」的百姓們又開始忙著治理「大躍進」帶來的「後遺症」，人們在「一切從實際出發」面前顯得有點笨手笨腳。但中國文藝戰線的空氣開始有了某種活躍，黨的文藝政策進入調整時期。意識形態和文化領域也好像開始冰雪融化，真實反映社會真實的現實主義原則被重新提出。更叫人眼亮的是文藝界竟提出了「寫中間人物」的主張，提倡作家、藝術家不但要寫「高、大、全」的英雄，也要注意生活中處於中間狀態的人物，在作品中反映他們的思想情感、矛盾鬥爭及取得的進步。這些突發性的理論和觀念的轉變，把腦子遲鈍點兒的文藝天才們搞懵了，可腦子快的人卻心領神會地笑了。

寫「中間人物」，無疑也給長影的林杉們開闢了新的創作空間。1963年，正趕上長影需要農村題材的電影。恰好，廠裡負責劇本創作的林杉發現了劉樹德的小說《橋》。

作家劉澍德曾將雲南視作第二故鄉，對雲南農村和農民非常熟悉，擅長寫農村題材小說，與趙樹理、馬烽等作家著稱於20世紀50年代的中國文壇。

中篇小說《橋》發表於1954年。小說的主角是翻身農民高正國，是個典型的「中間人物」。作者在雲南長期深入生活，對解放後的農民思想摸得很清楚。他通過高正國賣餘糧和參加初級合作社幾個主要階段，實事求是地表現了農業合作化過程中農民的思想鬥爭和心理變化。這可是一個符合」現實主義「原則的故事。林杉認為，作者把人物刻劃得挺生動，語言親切風趣，攪拌著鄉土氣息，改成電影有很好的基礎。

清風拂面，天高雲淡。

林杉找來了長影編輯室副主任唐漠，讓他與導演袁乃晨合作，共同對小說《橋》進行改編。

唐漠原名聶恩銘，1923年11月生於浙江常山縣。1944年入重慶朝陽學院法律系，第二年轉學在復旦大學法律系學習三年畢業。期間參加學生運動。1947年春被選舉為復旦大學學生自治會常務理事。同年在上海與離校同學組織了「新民主主義工作者協會」，出版地下刊物《火種》，宣傳解放軍勝利戰果，被國民黨抓進監獄。1948年入黨。他創作長、短劇六部，其中由他編劇，吳祖光導演的《山河淚》拍成電影。1949年9月，唐漠調北京電影製片廠新聞處工作。1953年3月，任《大眾電影》編輯室副主任兼影評

原長影總編室副主任　唐漠

組組長。1959年全家下放湖南電影製片廠，創作電影劇本《貧農的女兒》，後被誣為「毒草」，定為右傾機會主義分子下放農村勞動。1961年10月，調長春電影製片廠任編輯、副總編輯和《電影文學》編輯部副主任。

林杉與唐漠已共事兩、三年，他發現四十多歲的唐漠年輕可為，於是提拔他任長影總編輯室的副主任。唐漠雖小林杉九歲，可兩人既是上下級關係，又是同志兼朋友。唐漠文質彬彬，戴著一副深度眼鏡。林杉在他以後的懷念文章裡寫道，唐漠所以給他留下好的印象，是因為唐漠「正直、好學，工作勤奮，熱愛電影事業」。林杉強調說：「所謂正直，指的是他遇事不隨聲附和，不隨『風』轉，不看『長官』的臉色辦事。與別的同志意見有分歧時，常見他始則低頭沉思，繼則侃侃而談，陳述已見。有時與人爭得臉紅耳赤，眼珠就瞪得滾圓了。但他並不是一個剛愎自用的人，相反，他能虛心聽取別人尤其是黨組織的意見。」

新改編的劇本名為《兩家人》，開始由唐漠執筆，林杉接過來又作了修改，袁乃晨經過采風又加入幾個情節，於是編劇署名取三人名字中的一個字——「林漠晨」。

演日本鬼子出了大名的方化這回來了一個「華麗轉身」，飾演《兩家人》裡的老農民高正國。他演得生動、形象，把農民的精明、自私、執拗等特點演得活靈活現。高正國是個矛盾的人物，一方面他是從苦海裡趟過來的老貧農，另一方面生活好轉後就盤算著攢錢置地雇長工。他不像以往文藝作品中高大純潔的貧下中農，倒很像今天從改革開放中走過來的廣大農民。解放後的高正國一心一意想發家致富，他通過存糧、喂豬、披星戴月跑運輸賺現錢，然後再放債、買地、雇幫工、送孩子去省城讀書長知識……國家有個大「五年計劃」，他則有個「小五年計劃」。

其實像高正國這樣的農民正是當時中國廣大農民的典型代表，劉澍德用幾年的時間蹲在水田裡琢磨農民心理，越琢磨越覺得中國的大多數農民既談不上「高大全」，也不是壞人，他們就是些勤勞樸實、一心想富裕點、有點自私卻遵紀守法的中國農民。作者認為高正國的做法是符合國家要求的——「豬往前拱，雞往後刨，各有各的道」，這句話典型地代表了當時農民的思想，也成了影片中的典型臺詞。。

當然不管小說電影，最後的「導向」還是讓高正國走上了「社會主義」道路——影片通過高正國竟買下了貧病交加的單幹戶李存家的四畝地，逼得李大媽差點投了井，告訴觀眾高正國的發家之路是走不通的，最後會出現新的「地主」和新的「窮人」。今天回頭再看，我們沒有理由批評各位作者，因為時代局限性，他們不得已而為之，作者們只能讓高正國「改邪歸正」了。

如果這部電影放到今天來放映，高正國的發家之路正是中國幾億農民所應該走的康莊大道。那麼影片也就不會是現在這樣的結局，不會給高正國扣上一個「資本主義」的大帽子了。

還沒等《兩家人》開始公映，國家形勢又發生急劇變化，國民經濟調整時期已經過去，文藝界寬鬆的日子好景不長。從1962年9月中共八屆十中全會開始，階級鬥爭的風聲越來越緊，農村社會主義教育運動已經開始，文藝界整風緊鑼密鼓。此時「中間人物論」開始遭到批判，被當作「資產階級的文學主張」，甚至被作為「修正主義的文藝觀點」列入了黑八論。那時的農村題材的影片，是強調階級鬥爭的《奪印》，強調路線鬥爭的《槐樹莊》，而《兩家人》既沒有階級鬥爭，又以一個「自私自利」的農民作主角，編導的立場和感情，只有挨批的份兒了。

「文革」一開始，吉林省第一個被拎出來批判的電影就是《兩家人》，繼而作為大毒草在全國範圍批判，主要罪名是「歪曲農業合作化運動。」剛露頭的「中間人物」論被狠狠按了下去。《兩家人》的整個創作、拍攝、公映過程，就一直跌宕於政治鬥爭的風雲變幻中。它比《兵臨城下》、《舞臺姐妹》等摔得更狠，跌得更重。

可是直到今天，我依然佩服林杉的敏銳，唐漠的勇氣，袁乃晨的魄力。

1962到1964年，江青、康生一夥一再陰謀插手電影界，搜集材料，羅織罪名，砍殺作品，上騙下欺，製造文藝界一團漆黑的假像。一時間極左惡潮奔湧翻騰，全國一部部電影作品被打入地獄。

1963年，上海相繼掀起對《李慧娘》和瞿白音《關於電影創新問題的獨白》的批判；上影的電影《北國江南》和《早春二月》遭到圍剿；

緊接著，幾大媒體對「時代精神匯合論」、「中間人物論」和「現實主義深化論」等展開批判，中國大地轉眼變成大批判戰場，烽火連天，炮聲隆隆……長影攝影棚再一次無法安靜，炮口已經對準了「小白樓」。

1964年12月，在中共中央宣傳部會議上，江青又點名批判了一批電影，長影的《兩家人》首當其衝。還有林農的《兵臨城下》，以及其它廠拍的《革命家庭》、《紅日》、《聶耳》、《林家鋪子》、《逆風千里》、《舞臺姐妹》、《不夜城》等等。媒體批判連篇累牘，莫須有罪名橫空出世，優秀影片慘遭殺虐。

緊接著，搞不清是哪一層領導又一聲令下，林杉和長影的藝術家們肩扛行李手提鍋碗瓢盆縷縷行行前往營城煤礦、梨樹縣和琿春縣農村參加「社會主義教育運動」，接受思想改造。林杉任琿春社教隊隊長，帶著長影十一名隊員在廣闊天地經受鍛煉。那時最難忍的是饑餓。三兩苞米面分兩頓吃，每頓都是半碗稀糊糊湯。平時連鹹菜也沒有，只好蘸點鹽水喝。幾天下來人餓得直打晃。後來村裡的樹皮都被剝光了，只好把燒火用的苞米秸豆秸鍘成小塊，用大鍋烤幹，上碾子推，用粗蘿篩，再摻成苞米面做成大餅子。不久全隊的人個個臉皮浮腫，痔瘡發作，便血不止。

不可想像，父親林杉憑著「風一吹就倒」的身板是怎樣熬過來的。我只是看到相關資料記載，從來沒聽到他跟我講過這段生活。那次林杉正好和唐漠睡在一鋪炕上，吃完「糊糊粥」不敢太動彈，怕一會兒就餓，於是兩個人就往炕上一倒，一個在炕頭一個在炕尾海闊天空地聊起來。他們談經歷，談作品，談今後的創作規劃。他們自行尋找精神食糧，寬慰著已經餓癟的肚子。

林杉說，他的小學是在私塾念的，中學是在街頭撒傳單念的，大學是在監獄念的。他說他二十多歲就擔任中國左翼戲劇家聯盟黨團書記。他領導的「大道劇社」和「五月花劇社」特別活躍，因為影響越來越大招來了警員的包圍，被捕入獄。

唐漠說，1947年，他也因為在大學組織「反內戰」學生運動被國民黨抓了進去。在監獄的艱苦條件下，他根據一部小說改了一部電影文學劇本，出獄後作了反復修改，後來由吳祖光編導，完成了電影《山河淚》。

林杉說，他至今為57年沙蒙等人被打成右派而憤憤不平。他大會小會為他們據理力爭，可是至今幾十名所謂右派依然不能工作，他自己也一再受到批評處分。這件事一直像塊石頭壓在他的心裡。

唐漠說，他也曾為電影理論的不同觀點而受到處分。早在54年傳達毛主席的報告，其中談到從五四運動就開始了革命現實主義創作道路，他說毛主席的大部分理論是正確的，但這一點值得研究，不一定對；56年他曾認為那部宣傳婚姻法的故事片《兒女親家》太公式化、概念化；他還說一些蘇聯影片不真實，不是那麼回事……

林杉又說，他不認為現在被批的影片都是毒草，很多影片很優秀，現在評論影片已沒了標準，上面說哪個該批就該批；他說他不認為《兩家人》有大錯，是中央說的「中間人物」可以表現，又是當權者說不可以表現。這樣反來複去，讓下面的人怎麼搞。

唐漠又說，在上海江南製片廠，孫瑜導演了一部影片《乘風破浪》，當時就受到批判，認為是小資產階級情調。唐漠在眾人的批判聲中站出來說，這是一部歌頌新中國婦女出任海員工作，走向獨立工作與生活的好影片。她們的小資產階級情調，嬌驕二氣在影片中得到了改造，最後鍛煉得肯吃苦耐勞，熱愛學習，成長為真正的海員並當了船長。所以這是一部優秀的影片。因為唐漠講了這些話，反右中成了重點批判對象，批判他一貫堅持地主資產階級反動立場，把他從文藝九級降到十一級，被下放到湖南去放鴨子。

林杉和唐漠，啃著苞米面窩頭，喝著黑褐色糊糊，咀嚼著政治運動的痛苦，撫摸著揮之不去的傷痛……他們越聊越近，日益加深了相互瞭解。當他們同在一鋪炕席上手枕腦袋眼望天棚耳聽院裡的雞叫聲時，他們不知道，天是不是該亮了……

那次下鄉唐漠給林杉留下了很好的印象。林杉知道，唐漠在中學時代就顯露才華，1945年他進復旦大學學習期間，參加了黨的週邊組織，是當時學運的領袖人物之一。1948年春，他被地下黨吸收為中共正式黨員。

回廠後林杉便提名唐漠為《電影文學》主編和編輯室副主任。沒想到，這次提拔，竟給唐漠帶來了滅頂之災。

此時有人向吉林省委主要負責人寫了封舉報信，說唐漠在林杉支持下奪了《電影文學》的權。省委領導當即作了批示：「長影《電影文學》被壞人把持，」指的就是林杉、唐漠，唐漠便成了總編室第一個被批鬥對象。工作組委派與唐漠在同一個編輯室的編輯任彥芳與唐漠住一個房間，監視並看守他，掌握他的一切行動。

2010年5月，定居美國的原長影編輯室編輯，唐漠的同事任彥芳在他的《「五・一六」血淚祭》一書中寫道：「1966年7月6日總編室開了第一次批判唐漠的會，要他交代大家提出的問題，我並不瞭解情況，但因工作組有佈置，便也跟著呼叫，讓他老實點。我看到他痛苦地思索著，用筆記著人們的發言。會後，他自己向長影一宿舍走去，他不跟任何人說話，也沒有任何人理他，黑幫如同瘟疫，誰都離得遠遠的了。吃了晚飯，工作組安排明天如何將唐漠攻下來，讓他老實交待罪行，以便揭開長影階級鬥爭蓋子，這是一個突破口。好像長影真的存在一個大陰謀集團似的，我不能不信，不能書生氣十足啊。

「晚上十點，我回到了一宿舍這個與唐漠一起住的房間。唐漠正在書桌前寫字。我想這是他在寫明天的交代吧。我沒有問他，便自己倒在床上睡下了。一覺醒了，大約是十二點了吧，見唐漠還在寫。我便對他說：「老唐，你休息吧，明天還要開會哩。」他回我一句：「就要完了，要完了。」我便又倒下睡了。

「7月7日晨七點，我起來去長影大食堂吃飯。吃完飯回總編室準備開會。八點，人們都到齊了，可是唐漠沒有來。他是會的主角，他不來如何唱這台戲？主持會的人問我：「唐漠為何沒有到哇？」我說：「昨晚他睡得很晚，寫東西。今天早上我來的時候，他正睡哩。」工作組負責人說：「你們去看看，是咋回事兒，他知道今天要開他的會嘛。」於是我跟王占寶，一個紅五類出身的編輯，黨員，文革小組負責人，一同到了一宿舍，敲門，占寶喊：「老唐！老唐！」

屋裡沒有人應。

我用鑰匙捅開了門。進屋，見唐漠還在睡覺。我想他睡得太晚還沒有睡醒吧。

占寶喚他：「老唐，起來吧。要開會了。」

沒有動靜。我們走到跟前，我用手摸了他的頭，一股寒氣立刻從我的手上直透到腳跟兒。我的心裡充滿了恐怖。他不會再醒了，他走了，他永遠地走了。」

唐漠，他承受不住這沒完沒了的批鬥，再沒有力氣忍受對他的人格的一次次淩辱。他一遍遍寫檢查卻一遍遍通不過，有口不許辯有筆不能寫……人的尊嚴是高貴的且有底線，當他無法向世界證明自己的清白時，他想到了只有用死來結束所有的人性侵犯並用死來保護自已僅剩的一點人格。

省委工作組知道了唐漠自殺的消息也有點慌亂。有人打開了樓下的信箱，從那兒取出了唐漠的兩封信，一封是給他遠在上海美術電影製片廠的妻子寫的，一封寫給吉林省委主要領導的。這是唐漠留下的兩封遺書。任彥芳此時知道，唐漠是沒有通信自由的人，這兩封信讓他更感到了恐懼。

深夜，思想矛盾困惑不已的任彥芳一個人在宿舍外焦慮不安：「唐漠走了，他的影子卻一直在我心裡閃現，他是實在忍受不了無休止的批鬥和對自己人格的污辱而含冤離去。我走進宿舍，似看見他在燈下寫字的身影，想起他的聲音，看到他的臉，一雙深度近視的眼睛，和萬般無奈的樣子……」

幾天後，省委工作組組長宣佈：唐漠自殺是一種與文化大革命對抗的行為，為了運動的繼續進行，要立即開會聲討唐漠，不然會影響偉大的運動。工作組還讓任彥芳在大會上發言揭發唐漠，以引起全廠群眾對反革命唐漠的聲討。人事部門將唐漠的歷史抄給他，說唐漠原來是歷史反革命，參加過特務組織藍衣社，是胡風分子等等，這歷史也激起了任彥芳的憤恨——唐漠原來是這樣的人物啊。他便把工作組提供的材料寫到發言稿裡。

1966年7月7日，又是長影大劇場，造反派在這裡召開了第一次唐漠聲討大會。任彥芳在書中寫道：「那天我第一次在大會上發言。我再一次充當了吉林省委工作組的馴服工具，在會上聲嘶力竭地喊叫：聲討歷史反革命分子唐漠……」

就在這天林杉從「牛棚」被拉到長影大劇場陪鬥。他抬頭看到台前橫幅上赫然寫道「聲討反革命分子唐漠罪行大會」，這才知道眼前搞的是缺席審判。「人已經死了，還不放過」。這是幾十年後他在書中寫的。

林杉心中的悲哀一直揮之不去。他無力對抗聲勢浩大的政治迫害，也無能為力於保護他的同事，他的下屬，他的一位位朋友。國家權力機關把他和他的朋友們一個個培養起來，再一個個將他們打倒。然後死的死了，活的再繼續批……這種出現在人類發展史中極其少見的現象，化成困惑、不解和茫然，夾著蒼白的情感和空洞的思想，在林杉心中久久徘徊……

林杉在以後紀念唐漠的文章中無奈地寫道：「活著的人尚且不能為自己申辯半句，何況被聲討者唐漠已是死人。」唐漠作為林杉的下級，又是與林杉無話不說的朋友，因為林杉對他的提拔和電影《兩家人》劇本而遭受如此殘酷迫害，這是林杉無論如何都接受不了的。

其實，唐漠為自己申辯了，所有的話都寫在他留下的兩封遺書裡了。1978年9月，經過他妻子虞和靜三次來長影力爭，終於拿到了唐漠的遺書。林杉也沉痛地讀到了遺書。林杉驚異於唐漠臨死前表現得是那樣從容和鎮靜，他甚至沒有忘掉要把一支舊鋼筆留給他的女兒，因為他生前曾答應要買支筆給他女兒而沒能如願。林杉驚異於唐漠臨死前對黨對人民也對他自己是那麼自信，他痛苦而又堅定地對他最親近的人——妻子兒女說，他工作中有錯誤（誰又能沒錯誤呢），但是無罪。他沒有反對黨，沒有反對社會主義，他的罪名是有人強加的，他相信，總有一天黨和人民會為他平反的。雖然那時候他已不在人世。

當林杉讀到唐漠在他生命的最後一刻還真心實意地叮囑他的妻子兒女：「一定要堅定地跟著共產黨走，一定要堅持走社會主義道路」這些話時，發出沉沉的一聲歎息……

1978年9月，在一次討論平反工作的黨委會上，有人當眾念了唐漠的遺書。當念到那支鋼筆的遺囑時，在場的長影領導蘇云和胡蘇都哭了。蘇云發言說：「唐漠不平反，我不姓蘇！」

三十四年後，任彥芳在他的書中懺悔道：「我沒有親自殺害唐漠，但我難道沒有罪責嗎？如果我不是那麼自私，害怕沾上他如同害怕瘟疫般地躲藏，以保自己的平安；如果還有人性可言，對這樣一位在一起工作過的人，有一點人性的關懷，對他說幾句關心的話，勸說他幾句，讓他想得開點，在那天夜裡，我回到宿舍時，和他說幾句話，談談心，他就可能會得到一絲人世的溫暖，看到一點人間的希望，活著的希望，讓他感受到人世間不是都殘酷無情，他就可能會活下來的呀。我作了罪惡的幫兇，我參與了殺死唐漠的罪惡行動，他死了還沒有讓這個無辜的善良的靈魂安生，還要聲討他，用檔案裡多年來對他的誣陷之詞，讓他在地下也不能安息。今天當我回憶這段歷史時，我要向唐漠的在天之靈進行懺悔；我在過去，每說到文化大革命時，總是說自己如何挨整，受到迫害的事實，卻從不說，我也曾做過傷害善良的幫兇！一切經歷過這場歷史浩劫的人們，不要只把罪惡推向政治運動就算了事，跟著起哄鬧革命，不也是這場浩劫的幫兇嗎？」

唐漠的愛人虞和靜是上海美術電影製片廠的主編。她文靜的氣質裡蘊含著堅強，給人最突出的印象是外柔內剛。唐漠去世後，她幾次來長影尋找丈夫的屍骨。可是編輯室沒有人能說得清唐漠屍體究竟是火化了還是埋了。於是室領導找來了四個人詢問，有三個人說火化了一個人說埋了。領導沒辦法便找來資深編輯劉靈，問她四個人誰說得對。

劉靈是位思維敏捷開朗能幹的老編輯。1949年後任解放軍206師火線劇社文工團、華北軍區文工團團員。1956年任大眾電影雜誌社編輯、記者。1958年後任長影總編輯室編輯，在《吉鴻昌》、《戰火中的青春》、《甲午風雲》、《自有後來人》等影片中任責任編輯。她曾經因為出色的編輯成就成為第一位以「編輯」職務登上電影螢幕職員表的優秀人才。

現在當領導尋問唐漠的屍體去向哪裡時，聰明的劉靈問四人中徐世彥怎麼說的？領導說就他一人說是埋了。於是劉靈斷定唐漠的屍體是被埋了。

為什麼徐世彥說的是正確的呢？劉靈對徐世彥太瞭解了。徐世彥是編輯室的老同志，為人厚道從不整人從不說謊。平時話不多，運動中不管問他什麼一概「不知道」。劉靈根據他的為人相信他說的話是真的。於是領導作出英明決定：由徐世彥領路，劉靈陪著虞和靜去找唐漠的屍體。

徐世彥，1927年生於河北省涿州。1947年在北京西城區中國大學文學系讀書並參加地下黨「反饑餓、反內戰」學生運動，進而參加全國工商界罷市運動。1949年初到華北革命大學政治系學習，參加學校《思想問題》、《紅旗歌》演出。1949年7月參加北京「全國第一次文藝工作者代表大會」演出。1950年調入北京電影製片廠。1953年調長春電影製片廠譯製片室任配音演員。1956年調長影總編室負責組稿工作。

據徐世彥回憶：唐漠死時光著雙腳，身上裹一塊白布被裝進薄板棺材裡，用車拉到了朝陽溝，找人挖坑埋了。當虞和靜提出要找屍體時，徐世彥騎著自行車三次往返於長影與朝陽溝火葬場之間，想盡辦法找到了當時埋屍體的老師傅。然後長影派了一輛後開門的吉普車，拉著虞和靜、劉靈、老徐，前往朝陽溝。到了墓地，徐世彥指著前面說，就是這條溝。老師傅找著一把平板鍬從道邊往溝裡一步步量。徐世彥說，他清楚記得，當時已經是下午近黃昏了，他站在挖坑的地方，站在坡上，向右看，從公路上第一棵樹數起，數到第九棵樹，溝底下是五米寬的平地，就是放棺材的地方。當時徐世彥就想，一定要記住這個地方，務必記住，將來一定會有唐漠的家屬來接他回家。

現在，徐世彥就站在那個高坡上反復數那九棵樹，老師傅在第九棵樹的下面用鍬畫了一個記號，說「開始挖吧」。徐世彥把事先買好的白酒分給溝下幹活的幾位師傅，每人輪著喝了幾大口，開始動鍬。很快，坑下露出了一架白骨。虞和靜克制地說，請把頭給我看看。老師傅向頭骨噴了一口白酒，將頭顱送到虞和靜手上。虞和靜捧著頭骨一屁股坐在地上放聲哭著說：「是唐漠」。原來唐漠右邊牙壞了，鑲了一個銀牙套，虞和靜一眼就認出來了。

虞和靜將丈夫的骨灰盒帶到上海，移入上海革命公墓。

寫到這裡，我忍不住列出林杉幾位朋友離世時的年齡：

1964年，沙蒙去世。五十七歲。

1966年，唐漠自殺。四十三歲。

1968年，海默被打死。四十五歲。

1976年，呂班去世。六十三歲。

而林杉，是1992年去世的，當年七十八歲。

這是真正的白髮人送黑髮人。

人生能有幾個真正的朋友？林杉眼見他的朋友一個個離去，這不能不成為他心靈的永遠的傷痛。他兩鬢更白，日益消瘦，說話更少，高度近視鏡後深藏著疑惑和悲哀。他在懷念唐漠的文章最後質問道：為什麼正直的人被壓，甚至慘遭橫禍？而那些偽君子、甚至踩著別人屍體往上爬者卻能得勢當道？為什麼工作勤奮者挨整，而那些飽食終日，對革命交白卷者竟然趾高氣揚成為「左派」？為什麼說真話者有罪，而那些說假話、說大話的可以邀功？為什麼堅持實事求是有時要冒坐牢或殺身風險？為什麼……

「文革」帶給林杉的傷痛，是刻骨銘心的。他不會忘記跪在臺上十幾個小時，頭戴高帽手敲銅鑼的情景；他更不會忘記他是怎樣眼睜睜地看著長影的人才一個個倒下去……他一直在苦苦地等待國家對「文革」的反思，希望有「正確的回答」。可是直到他去世，他也沒有等到他認可的「解釋」。

1978年9月唐漠獲得平反昭雪，1984年被恢復黨籍。

準備坐牢

1964年，我十五歲。有一天我和父親都在等待開晚飯。他問我，張天民的《路考》看了嗎？我說剛看完。

「好嗎？」

「挺好呀。」

「為什麼？」

於是我把這個劇本的中心意思，人物，劇情，向父親叨叨咕咕說了一堆。

我告訴父親這個電影講的是一個青年司機怎樣在他父親同志們說服下，由原來不守紀律，個人英雄主義思想嚴重，最後轉變成為一個捨身救人，幫助老鄉攔下驚馬的優秀青年。

用今天的眼光仔細回想一下，《路考》裡的青年小梁其實是個熱血青年。他不甘於落後，總希望工作中能表現比別人優秀；他要求自己開的車要跑得快，貨要拉得多，結果編劇導演讓他在「多拉快跑」中出現失誤，於是書記、隊長尤其是他父親都來幫助他做思想工作。最後經過痛苦思想鬥爭終於有了轉變。現在看來這是個經不起推敲的故事。用世俗的眼光看，一個青年有事願意往前沖就是「出風頭」，希望自己比別人做得好一點就是「個人英雄主義」，有著較強的自信心就是「驕傲自滿」，這都是很舊的觀念。鼓勵人的個性發展，讓這個世界充滿自信自強自立才是青年人應有的品德。

因為我經常和父親談這個劇本那個劇本，因此這件事很快就忘了。

有一次在長影大門口一位編輯同志認出了我。他說，你很喜歡張天民的作品嗎？

「哦……」

他說：「那一年開創作會，你父親主持，討論張天民的《路考》。幾乎所有在座的人都說這個劇本看不懂，沒有意思。張天民那天恨不得鑽到桌子底下。最後是你父親總結發言，他說「你們大家說看不懂，我女兒可看懂了」。然後從這裡入手，他談了他對這個劇本的看法。」聽到這我樂了，我想，張天民此時一定從桌子底下爬出來了。後來，張天民的《創業》名聲大震，我想他再也不用鑽桌子了。

由此，《路考》進入拍攝。

令我思考的是，《路考》這個劇本沒有驚心動魄的故事，沒有頂天立地的英雄，沒有激烈的戰爭和災難，有的只是一些凡人小事，一些生活中平平常常的家長里短，百姓情結。這樣的劇本，父親為什麼要贊同呢？

這件事還真讓我頗費了腦筋。

後來得知，在那個天天喊「不忘階級鬥爭」，天天被提醒「鞏固無產階級專政」、歌頌英雄、突出「高、大、全」偉大人物形象的年代，廣大作者是不敢把目光投向普通人的。而《路考》表現的卻是生活中最普通的人，影片的主角竟然是一個有不少缺點的年青人。這不能不說是對「左」的文藝思想的一個反動。幾乎與《兩家人》一樣，作者把描寫物件指向了「中間人物」，這是年輕的張天民一次大膽嘗試，一次重要的突破！在文藝創作的百花園裡，這是一枝新長出來的有待怒放的小花。

林杉正是用這個理由，說服了在場的參會人員——就算是一次嘗試吧，為什麼不往前推張天民一把呢？

一部年輕作者的作品保住了，一位年輕編劇的創作生涯得以延續。但林杉不會想到，這個「別人寫英雄，他偏偏寫小人物」的張天民，十年後竟筆下生風雷，創造了一個轟轟烈烈的人生……

不久，《路考》上映，著名演員陳強演片中的父親。張天民從此有了第四部投拍劇本，為他在長影的寫作地位墊下了又一塊基石。他感謝林杉，尊林杉為老師，也成了林杉又一位年青的朋友。

我還沒來得及看到影片《路考》，「文化大革命」開始了。

張天民（1933-2002）河北涿州人。中共黨員。1954年畢業於北京電影學院編劇系。歷任文化部電影局編輯，長春電影製片廠、北京電影製片廠編劇，農村讀物出版社社長兼總編輯、中國電視劇製作中心主任、黨委書記，國家一級編劇。全國人大代表，吉林省人大代表、作協副主席、文聯委員、中國電影文學學會常務副會長。1951年開始發表作品。1977年加入中國作家協會。著有長篇小說《創業》，詩集《北京漫步集》、《七月抒情詩》，小說集《小五更的故事》、《末流演員》，中篇小說《海濱的朋友》、《追花人》，《張天民電影劇本選》、《創業》、

《武則天》、《潘漢年》等，多次獲全國各類大獎！

劇作家　張天民

時年三十九歲的張天民，個頭不高，長得白靜，鼻樑上架一副眼鏡，更顯文質彬彬。他既寫詩歌，小說，又寫電影。可是在「左」的時代他的作品總挨批。不是說他這首詩「宣揚小資產階級思想」，就是罵他那部小說「宣揚人性論」；要不就指責他專寫「反毛澤東思想的毒草」，而《路考》則被宣判為「寫中間人物」大毒草，他明明寫的普通工人和農民，卻指責他「從此脫離了人民的隊伍」。

兒童時代的張天民就有逆反的天分。他把家裡的一隻蘆花雞的毛拔得一毛不留，說要看看沒毛的公雞還能不能打鳴，能不能欺侮母雞。他討厭沒完沒了的批判整人，曾背著乾糧手拿小錘躲進深山老林去尋找礦藏。林杉對張天民卻很有信心，他認為張天民深入生活非常扎實，一定能寫出大作品。

1970年，張天民接受了寫電影《創業》的任務。這是一個反映大慶工業發展的重大題材。

張天民和導演于彥夫披著軍大衣走進大慶油田。他們頂著凜冽寒風，與工人們一起挖泥漿、洗鑽杆；他們鑽進工人宿舍，和工人們一起吃飯；在劈頭蓋臉的暴風雨中，聽著工人們喊著粗獷的號子，隨著井隊搬家的長長隊伍，感受著「石油工人一聲吼，地球也要抖三抖」的沖天豪氣……他們很像當年林杉沙蒙爬上「上甘嶺」高地的情景，繼承了「堅持深入生活」的傳統創作作風。

當然，他們更想看一眼王鐵人，可是「文革」中鐵人被七鬥八鬥於1970年病逝了。

他們渴望採訪餘秋裡、康世恩，作為大慶油田的總指揮，他們希望從宏觀角度講述開發大慶油田的戰略思想。可是為了中央內部「避嫌」，他們再三被婉拒。

他們日夜奮戰寫完了第一稿、二稿、三稿劇本，卻被批評沒有階級鬥爭。於是他們在大慶各個角落尋找「階級鬥爭」，掘地三尺還是沒找到一個階級敵人。在小白樓改稿的張天民只好「捕風捉影，無限上綱」，死活也要找出一個階級敵人。

曠日持久的修改把他們折磨得苦不堪言。

1974年12月，經過反來複去的修改，影片《創業》終於誕生。又經過北京長春，長春北京來來回回的審查，上面總算同意在全國公演。

可是影片公映的第二天，突然被勒令停演。《創業》轉眼被打成「為劉少奇歌功頌德的大毒草」。

當時的廠革委會副主任蘇云慌了；

編劇張天民、導演于彥夫慌了；

全長影職工都慌了。

正在農村改造的林杉聽說後也慌了。因為他知道，那位外靜內剛的張天民從來就是個不聽邪的人，就敢做別人做不來的事，他為張天民的命運擔憂。

在那個「左」的時代人們都知道，不管你下多大功夫，不管你投入多大熱情，不管你是如何嚴格按照上面的指示去創作，只要有一個關鍵領導不高興，不喜歡，就可以把作品扼殺於繈褓之中。

《創業》，最終惹怒了江青。

她氣勢洶洶地大罵，說這個片子是替某些人樹碑立傳，是修正主義大毒草。她說如果修正主義上臺，首先要殺的是她江青的頭。

於是，文化部、電影局的大小領導，包括原來跳舞的劉慶棠（時任文化部副部長）和原長影廠廠長亞馬（時任電影局局長），本來是眾口讚揚《創業》的，一轉眼調轉槍口，萬炮齊轟，對《創業》開始了圍剿。

江青的本意，是要借批《創業》，把矛頭指向周恩來，鄧小平。

張天民坐不住了。

用長影編劇張笑天的話說，張天民這個方正、內向、睿智、幽默、寬容而有才氣的人，不管在他的作品裡還是在生活中，都能看到他做人的原則。於是，靠著著名作家白樺的幫助，在賀龍女兒賀捷生的動員下，張天民準備做一件驚天動地的事。回到家裡，他對一路走來為他操碎了心的妻子趙亮說，他準備直接給毛主席寫信，告訴他《創業》被壓制的情況。儘管他知道「告禦狀」是要殺頭的。

趙亮得知丈夫要上書最高領袖，說道：「寫吧，我不怕。大不了進監獄，還能砍頭呀？」張天民說：「也說不定。」

趙亮說：「真有那一天，我也會把孩子拉扯大。」

張天民什麼話也不說，坐到桌前，奮筆疾書。

他寫下了在大慶油田怎樣和工人們一起日夜奮戰，他們怎樣閱讀了幾百萬字資料，與一百多位幹部工人談話，一次次為石油工人的英雄事蹟而激動；他寫道，《創業》剛公映兩天，就在許多工礦企業出現了學習劇中英雄人物的動人實例；他用上千封觀眾來信證明：《創業》不是毒草；他誠懇地向毛主席說明，影片中的人物都是從現實生活中藝術提煉的結果，不是為誰樹碑立傳。如果寫什麼都對號入座，今後就無法寫重大題材，無法寫重大歷史事件，不能寫出名的人和事了。

最後他向毛主席建議：《創業》應該重新上演。

這封信是妻子趙亮冒著危險，膽戰心驚地交到有關人手中的。事後張天民找到導演于彥夫，說起了寫信的事。於彥夫說應該也簽上他的名字，有事大家攤。張天民說，何必呢，如果有個三長兩短，有件事託付給老兄。

於彥夫看著憂心忡忡的張天民：「說！」

「我要進去了，或挨了槍子兒，你給我家每月寄二十元錢，幫趙亮一把。如果我還有出頭之日，日後還你。如果我完蛋了，下輩子再報答你！⋯⋯」

風瀟瀟兮易水寒
壯士一去兮不復還。

經過最可靠的人士的傳遞，張天民的近三千字的「告狀信」擺到了毛澤東主席的案頭。病重的毛澤東是請人一字字念給他聽的，然後他做了批示：

「此片無大錯，建議通過發行。不要求全責備。而且罪名有十條之多，太過分了。不利調整黨內文藝政策。」

毛澤東

一九七五年七月二十五日

毛澤東主席的批示（史稱「七二五批示」）傳開後，最先歡呼的就是長影小白樓。那天紅旗街上空的天格外藍，雲格外白，汽車聲歡快地穿過長影大門，小白樓周圍的花草樹木頻頻招手，和那些來自天南海北的劇作家們一同歡呼雀躍。

在張天民狀告江青的陰雨無常的日子裡，所有在小白樓寫作劇本的大師們都為張天民吶喊助威，打氣壯膽，鳴冤叫屈。「七·二五」批示下來後，整個小白樓沸騰了，長影沸騰了，被壓抑已久的全國文藝界沸騰了。人們奔相走告，真有再一次被解放的感覺。許多人立即呼籲應馬上通過張天民入黨，不僅是因為他執筆的《創業》在全國產生巨大反響，還因為他幾乎用生命的代價，打響了中國電影界反抗江青一手遮天文藝路線的第一槍！

長影的藝術家們欣喜若狂，上街扭起了大秧歌。
李立　攝

就在這一年，在大慶市召開的「全國工業學大慶」大會上，余秋裡代表黨中央、國務院對《創業》作出了充分肯定的評價。從此，這場圍繞《創業》所進行的一場驚心動魄的鬥爭，落下了春秋之筆。

作家曹積三在寫這段歷史時，不乏寫小說般的驚險和難以置信的真實。

今天回過頭看，當然應該實事求是地評價《創業》。四十多年前的《創業》可能會被認為有些臉譜化，或者說它僵硬地貼上階級鬥爭、路線鬥爭的標牌，顯得生硬牽強。任何油田的開發，首先靠的是科學技術，僅靠渾身是鐵的工人滿腔熱血和革命幹勁去開發油田是不現實的。但也要實事求是地說，影片畢竟是在文革年代誕生的，有些可能來自作者的局限性，但更多的是被那個時代「左」的文藝路線綁架。《創業》的現實意義在於：它當之無愧是一首豪邁的頌歌，真實地反映了時代工人的精神風采。更重要的，是中國正直的文藝工作者在保護《創業》的過程中，所表現出的「我自横刀向天笑，去留肝膽兩昆侖」的英雄氣概！

張天民，一介文人，一身虎膽！

《苦戀》風波

1972年，毛澤東說了一句話：要重新拍電影。

得，電影有救了。

先是省裡落實幹部政策。林杉以「五七幹部家屬」名義，隨愛人從農村搬回到長春。他的「叛徒」帽子還戴在頭上。十年的全部生活是批鬥、關押、挑水、養豬，撿糞。十年沒有寫一個劇本。

1979年，六十五歲的林杉獲得平反。

他給我來信說：「萬惡的『四人幫』強使我做了一場令人窒息的、連呻吟一聲也不敢的、延續十多年的惡夢，來自高空的一聲驚雷，把我從這場惡夢中驚醒過來」。

之後，他被調往北京，恢復工作。

1979年2月，林杉奉調中國電影家協會工作，擔任中國影協書記處書記兼《大眾電影》主編。

這是改革開放初期，人們重新聽到了「百花齊放、百家爭鳴」的呼聲，「思想解放」的浪花拍打著瞭望世界的新海岸。

1981年1月5日，中國影協下屬的《大眾電影》、《電影藝術》兩家雜誌的編輯部，聯合召開了為期兩周的「電影創作和理論座談會」，來自全國各地的一百多位電影編劇、導演和理論工作者歡聚一堂。這是自「文革」後的電影藝術家的第一次學術性大聚會，也是試圖打碎十幾年人們對極「左」文藝思潮的精神枷鎖，在「民主、爭鳴、團結」的氣氛中促進電影創作發展的一個機會。

會前，林杉提議：不以影協名義而以所屬的兩個雜誌出面組織，一是可以淡化行政色彩，增強學術性，二是可以把年輕人推到前臺培養鍛煉，給他們更多的鍛煉機會。而他和其他幾位六十多歲的影協領導則親臨現場觀陣指導。

林杉知道自己老了。他心底壓抑著當年正值年青時與沙蒙失去最佳創作期的痛苦；有著想培養年輕的唐漠卻帶給他走向死亡的巨痛；他經受過整整十二年只能在油燈下看書不能在桌上寫一個字的折磨，因此他比誰都理解年輕人，他深知道年輕人需要機會，需要呵護。

北京這次會議的主要內容是編導們在會上放映自己帶來的電影新作，然後大家討論座談。這是「文革」後第一次關於電影創作的研討會，與會者心情舒暢，暢所欲言，會議開得十分活躍。特別是當謝晉的新作反思電影《天雲山傳奇》在會上放映後引得熱烈討論，大家給予很高評價。

不料會議進行到一半時，放映了一部尚未通過審查、名為《苦戀》的新片。此片立刻成為與會者討論的焦點。出現的兩種觀點爭論激烈，一時間氣氛緊張，火藥味十足，最終致使這次「民主、爭鳴、團結」的座談會陷入僵局，不得不虎頭蛇尾，草草收場。

《苦戀》編劇是白樺。

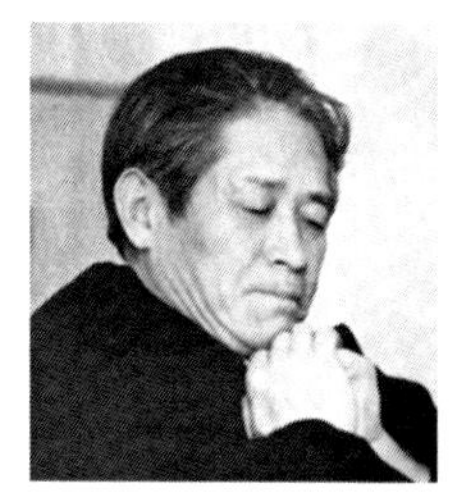
著名編劇　作家白樺

白樺是劇作家、詩人。原名陳佑華，出生於河南信陽市平橋區。他從小苦讀文學作品，中學時期就開始學寫詩歌、散文、小說。1947年參加中原野戰軍任宣傳員。1952年曾在賀龍身邊工作，此後在昆明軍區和總政治部創作室任創作員。1958年被錯劃為右派，開除黨籍、軍籍，在上海八一電影機械廠當鉗工。1961年調上海海燕電影製片廠任編輯、編劇，1979年得到平反，在武漢軍區文化部工作。1985年轉業，在上海作家協會任副主席。

白樺的作品太多了，著有長篇小說《媽媽呀，媽媽！》、《愛，凝固在心裡》等十幾部；還有《白樺的詩》、《我在愛和被愛時的歌》、《白樺十四行抒情詩》、《孔雀》等等；他還寫話劇，劇本集《白樺劇作選》、《遠古的鐘聲與今日的迴響》等，以及散文集、短篇小說集、中短篇小說集、隨筆集、電影文學劇本、演講集等等。

這次在「電影創作和理論座談會」上放映的《苦戀》，按當時文學藝術界的說法，叫「傷痕文學」。

白樺寫的《苦戀》講的是一個畫家的故事。

畫家淩晨光在影片中從頭到尾都在逃亡。十幾歲時他從家鄉去縣城學藝，路上遇到鬼子飛機轟炸，與百姓們一同逃亡；反內戰時他參加學生運動，拒絕了逃往國外的機會，卻陰差陽錯被一艘貨輪載去了美國，於是在美國人幫助下成功辦了個人畫展，生活安定。可他還是決定回到祖國；回國後正趕上「文革」，他因畫「屈原」要「上下求索」被造反派追捕，他逃到蘆葦蕩躲藏，最後被逼繼續逃亡，跑不動了，就在大雪地裡爬，雪地上爬出一個大大的問號，他昏倒的身體就是那個問號的一個點。

《苦戀》所表現的核心思想是：知識份子在受到不公平政治迫害和嚴重侵犯人的最基本生存權利的時候，要不要離開祖國。片中的主人翁畫家始終堅持「雖九死其猶未悔」的愛國情懷，就是不離開祖國，他要找回祖國陽光明媚的藍天。劇本寫得很有文采，具有散文詩風格，在社會上引起強烈反響。

問題是，片中結尾處堅持要出國的女兒問畫家：「你愛祖國，祖國愛你嗎？」

畫家竟無言以對。

雖然他倒底沒有去送女兒出國，堅持留在祖國，可是影片還是遭到了層層領導批評，要求把最後女兒這句話及最後那個問號剪掉。年輕導演彭甯就是捨不得剪。上面命令必須剪，再審時還是沒剪。反來複去，最後《苦戀》遭到禁演。

緊接著，《人民日報》、《解放軍報》、《文藝報》紛紛對《苦戀》展開批評，因為是「文革」剛剛結束，輿論界這次較謹慎，用了「批評」而沒有用「批判」一詞。

年輕導演彭甯在開拍前曾拿著劇本到北京林杉家中，請長輩看看可否拍電影。林杉看後答覆彭寧，可以拍。

按理說，林杉和片中畫家的命運是相通的。只不過畫家被追進蘆葦蕩，林杉被趕到冰天雪地的東北農村。畫家沒有了畫畫的權利，林杉十年沒動一筆。畫家在蘆葦蕩裡還要畫祖國的藍天，林杉背起糞筐要多撿點糞作為給黨的生日獻禮……憑心而論，

《苦戀》與林杉沒有共鳴是不可能的。

可是，是不是祖國有了苦難就要離她而去呢？苦苦地戀著這個祖國究竟是明智還是愚昧呢？一個民族對自己的反思做到怎樣才算深刻呢？「傷痕文學」和作品的思想性區別又在哪裡呢？……白樺用一個大問號向人們提出了一系列問題，這些問題很複雜，也很簡單。

接著，彭寧又拿著劇本找到長影廠長蘇云，希望能讓他獨立執導這個劇本。蘇云當即表態：可以拍！

其實這個劇本能不能通過早在長影黨委內部就有爭論了。不贊成的人認為劇本的調子太低，拍出來會出政治問題。可是蘇云認為，在批判「四人幫」撥亂反正的形勢下，出現這樣一個文學基礎好，力透紙背的劇本，是難得的。

《苦戀》的出現，是剛剛走出「文革」的長影人面臨的一次新的困惑和思考。影片對電影語言的創新和對於影像構圖的新的探索所形成的衝擊力度，被業界認為比晚它五年出現的「第五代電影」還要精彩。它以藝術而不是口號的形式徹底否定了「文革」，震憾人心地表現了中國知識份子溶化在血液裡的對祖國的摯愛。

最終，彭寧把《苦戀》劇本搬上銀幕，改名《太陽與人》。彭寧對人物的把握到位，加之考究的畫面、音響、音樂，以及演員的精彩表演，使《苦戀》震動影壇。

然而不久，隨著《苦戀》被禁，白樺在《文藝報》上作了自我批評。

在這樣的大背景下，把《苦戀》拿到《電影創作理論座談會》上放映，不啻是一個隨時可能引爆的炸彈。

在座談會上，林杉沒有對《苦戀》公開發表意見。也許是一生經歷的一次次政治運動讓他變得更沉穩，或是認為這僅僅是一次學術探討，沒必要過於叫真？反正他只是在每天晚上的碰頭會上力主要貫徹「民主、爭鳴、團結」原則，甚至建議對此部影片持反對意見的人可到會上爭鳴。後來出現了肯定影片的一邊倒現象，林杉依然保持沉默，不發言，不表態。

《苦戀》是「文革」之後第一個拿出來批判的文藝作品。經歷過多次政治運動的人都知道，一部文藝作品如果被正式拿到黨報上進行大規模批判，那就是政治運動的風向標，政治風暴的前奏曲。於是有個別人站出來開始追究：是誰允許放這部影片？誰在會議期間允許圍繞《苦戀》展開激烈討論，誰該負政治責任？批判者聲色俱厲，咄咄逼人。也有人趕忙站出來表態，聲明自己與此事無關。「階級鬥爭」場面再現，與會者人人噤若寒蟬。直到最後一天大會結束時，作為這次會議的牽頭人，林杉作總結發言。

當林杉走上台時，他的步子邁得不是很快，顯得沉穩。台下靜極了，那些年輕人睜大了眼睛看著這位長輩，想聽林杉怎麼說。林杉說話聲還是較輕，夾帶著浙江口音卻吐字清晰。他先總結了大會基本成功，作為「十年浩劫」之後的第一個學術會，應該是中國電影的進步。他接著冷靜地闡述：至於座談會上《苦戀》出現的爭議，這也屬於正常的討論，體現了「百花齊放」。然後他對全體與會者說，如果會後出現什麼問題，大家不要有顧慮，全部責任由他一人承擔！最後他說了一句：「文化大革命畢竟過去了。」

是年已經七十六歲的林杉，有著多次蒙受不白之冤的歷史教訓，深知承擔政治責任的嚴重後果。他平心靜氣的話音裡透著鏗鏘有力的勇敢，又一次以他不高的個頭瘦弱的肩膀，去阻擋可能會侵害到影協年輕人的風雨。他感覺到了台下的年輕人投來的感激、敬佩的目光，年輕人也感受到了這位小老頭的膽識和內心的強大！他們不會想到，當年年輕的林杉也是同樣盼望在急風暴雨中有一個堅強的肩膀能幫他們擋擋風雨。可是他沒有遇到！

父親林杉，他所以是我的老師，是因為他用一生的品行，教給我做人的正直、高貴的人格，堅強的意志，和海一般的胸懷！

幸運的是，歷史畢竟已進入改革開放新時期。《苦戀》雖然被禁演，但並未升級為一場政治運動，這次「電影創作理論座談會」也未受到進一步追查。

朋友說，林杉躲過一劫！

事後老友林農得知此事，不禁感慨：「一位老人為一群年輕人擔當——林杉之品格，林杉之高風！」

1992年2月5日，父親林杉因突發心臟病逝世於北京家中。生前，他一直懷念著與他同生死，共創作的朋友們。死後，他的朋友們也一直懷念著他。朋友們說，他是一位值得尊重的，真正的朋友……

晚年林杉在北京家中

2016年7月15日第一稿

2017年4月15日第二稿

2018年12月20日第三稿

我的
兩位母親

第二章

媽媽愛唱歌

1949年的冬天特別寒冷。那一天我即將降生在北京的協和醫院。可是我怎麼努力也鑽不出去，媽媽疼得大汗淋漓把床頭的三根鐵欄杆全部拽折，我們兩人都只剩最後一口氣。媽媽原本唱歌的嗓音變成淒慘的嘶叫，讓白色醫院的上空變得陰森恐怖。門裡的醫生護士和門外的爸爸一起在地上打轉。一個護士拿著一張紙沖到門外遞給縮成一團的爸爸要他簽字，問他是要大人還是要小孩。爸爸哭喪著臉作出了一個感天動地的決定：「大人小孩都要」——這句話把我和媽媽徹底解放了出來。後來終於請來了著名的婦產科大夫林巧稚，她用剖腹把我從抽搐的母體中拉了出來。我被拎著腿倒吊著，屁股被拍得啪啪山響。好一會兒我總算「哇」地一聲宣告落地成功。

兩年以後，媽媽又懷上了弟弟。還是大剖腹，還是大流血，還是林巧稚大夫上陣。弟弟總算活出來了，林巧稚果斷給媽媽做了絕育。她說若再生就沒命了。為此媽媽感激地把林巧稚的名字叨咕了一輩子。

愛唱歌的媽媽

走進新中國的爸爸意氣風發開始了他偉大的電影創作。可是他不得不面對家裡無端的煩惱。我和弟弟聽夠了媽媽和爸爸無休止的爭吵。有一天憤怒的媽媽沖進書房抓起爸爸的《上甘嶺》劇本草稿撕得粉碎，她扯碎了爸爸的心血而倍感後快。平時話就不多說話聲又不大的文質彬彬的爸爸生來不會吵架，他總是非常小心地和媽媽講道理，可換來的是媽媽更加病態的無理取鬧。爸爸長得瘦小，媽媽抓住他的衣襟然後一把將他推到牆角。每到這時我和弟弟嚇得躲在門後大氣不敢出。又有一天媽媽把桌上的茶杯全部掄到地上，破碎的玻璃聲震得我們心驚肉跳。媽媽隨後命令我拿掃帚掃地，還不許讓碎玻璃發出聲音，否則就是一記耳光搧到我的臉上。那時我們全家住在長春電影製片廠的小白樓裡，小白樓是專門供編劇作家寫劇本的地方。有一次媽媽又打我，我嚇得跑到正在開會的爸爸的辦公室，一把推開門撲到爸爸身上，把臉埋在爸爸懷裡。氣勢洶洶的媽媽追了過來，幸好有開會的叔叔阿姨好說歹說算是把媽媽勸住了。

媽媽，十歲的我，八歲的弟弟

我始終不明白媽媽為什麼這樣凶？看到托兒所來接孩子的媽媽們一張張溫暖的臉我又羨慕又傷心。我幻想著有一天媽媽穿著她最美麗的白色帶小碎花兒的連衣裙從天那邊緩緩踏步過來停在我和爸爸身邊。她的眼睛還是那麼透明，充滿了愛和溫暖。她的眉毛細長，微笑時總愛輕輕抖動。她用纖細的手摸著我的臉，將一個粉紅色的髮夾別在我的頭髮上。然後她把我摟在懷裡，抬頭看著爸爸，笑著，像一朵盛開的雪蓮。

必竟這只是我的夢。爺爺說夢常常是反的。記得有一天媽媽半夜回來，不知為什麼不高興一怒之下將正在做夢的我像擒小雞似的從被窩裡抓出來。這沒有來頭的喝斥令我暈頭轉向。我經常不知道因為什麼就挨一頓打。從此，媽媽在我心裡簡直是一個嚇人的妖魔，我害怕她，非常恐懼。以後我愈加自卑，因為有這樣一個媽媽我總覺得在別人面前抬不起頭。我的膽子也越來越小，走到哪都不敢說不敢動。自卑與不安每天都像一隻看不見的魔爪緊緊抓著我的心。媽媽對弟弟也是除了打就是罵，高興了抱過來親一親，不高興了不知為什麼就一個耳光掄過去。也就是從這時起，弟弟的心離媽媽越來越遠。

那時媽媽在電影廠的演員劇團上班。廠裡從延安過來的人中媽媽是最年輕的一個。她難產後身體不好，嚴重失眠，經常遲到早退，上班時幾乎做不了什麼工作。她的「吊兒郎當」很快聞名全廠。可是只要她精神好一些，她就愛把自己打扮得很出眾，在劇團她第一個敢穿短袖連衣裙，第一個蹬上高跟鞋。那時候正是全國高舉「三面紅旗」，以「大躍進」姿態向不知第幾個五年計劃奮勇前進的時代。媽媽有著與這個無產階級新時代不相一致的外表。在全國人民高喊「艱苦奮鬥繼續革命」的口號聲中她竟然到外面下飯館，還說既然解放了怎麼還不讓穿有顏色的毛衣……於是劇團裡一次次為她開黨小組會，說她是「小資產階級」加「自由主義」。有一位很有水準的劇作者批判她時還用上了「無政府主義」這個詞。媽媽被這些「主義」嚇著了，大會檢查小會檢討，寫了檢查再犯犯了錯誤再檢討，沒完沒了的折騰倒底情緒失控，更加口無遮攔。也許因為她來自延安，或是看在爸爸的面子領導也只好大事化小，可大會小會的輪番批評更使她身體每況愈下，嚴重的神經衰弱和胸膜炎折磨得她幾乎崩潰，天天靠安眠藥苦度漫漫長夜。

1963年媽媽調入吉林省文聯

最可憐的是爸爸。他甚至無法和媽媽談話，只要一開口媽媽就連喊帶叫。爸爸無奈，只好沉默，可他越不說話媽媽越瘋狂！爸爸看到我和弟弟在媽媽身邊生活很苦，就把我們送到上海爺爺家。沒想到日夜思念孩子的媽媽隨後也追到上海。到上海後媽媽似乎好一些，每次從外面回來經常一邊上樓一邊唱歌。一聽到她的歌聲弟弟「哧溜」一下就鑽到床底，我馬上躲到爺爺背後。

媽媽愛唱歌，她天生有一副好嗓音。記得在上海她找到一位專家幫助她提高聲樂技巧，每天回家就練習發聲。她一遍遍喊著「啊——烏烏——啊」，讓我在旁邊幫她從一數到一百下。天天這樣數，我真是煩極了。可後來每次練完發聲她都要唱一支歌恢復嗓子，她經常唱的是《九九豔陽天》。我非常喜歡聽這支歌，於是每天堅持不懈地為她數數就等著聽她唱歌。

九九那個豔陽天來呦
十八歲的哥哥告訴小英蓮
這一去翻山又過海
哥哥惦記著小英蓮

媽媽的歌聲非常優美。她一唱起來，爺爺關掉了收音機，奶奶放下了針線活，鄰居家的阿姨叔叔扒開窗子看，好幾個小孩的腦袋從門縫裡鑽進來。唱歌的媽媽這時像個女神，優雅，矜持，陶醉而高貴。她為自己感動，也感動著我，我喜歡愛唱歌的媽媽。

可是用不了幾天，媽媽又「妖魔」化了。比媽媽大九歲的爸爸話語越來越少，天天趴在寫字臺上。爸爸一生完成了十一部電影劇本，全部被搬上了銀幕，在國內成了很有名的電影劇作家。可爸爸並不幸福，他躲不開這個又吵又鬧的家！真不知道爸爸的劇本是怎樣在媽媽的吵鬧聲中完成的，為此我永遠為他肅然起敬！可媽媽的喊叫使他最終失去了耐心而無法面對，萬般無奈，他正式提出離婚。

爸爸媽媽是在抗戰最後一年的延安結婚的，介紹人是當時長影廠廠長亞馬叔叔，現在又由他批准離婚。此事如新聞般在長影廠傳開。亞馬叔叔理解爸爸的難處，對媽媽又很無奈。批准離婚的理由當然是以保證爸爸安心創作為第一。年輕的媽媽並不懂得「離婚」對她意味著什麼，她沒有在乎，將手一揮，離爸爸而去。後來她才知道，她為此付出了終生孤獨的代價。

後來爸爸對我說，離婚時他把他僅有的三件東西全給了媽媽——一部在德國買的照相機，一塊在莫斯科買的毛毯，還有二百元錢。爸爸跟我說時非常認真，他希望我能理解他為什麼要離婚。可惜我當時只有七歲，我聽不懂大人的話，我依然愛我的爸爸。

那時我念小學二年級，正在上海的爺爺奶奶家生活。一天放學回來爺爺把我叫到面前告訴我爸媽離婚的消息。我知道爺爺從心裡不喜歡媽媽，語氣中透著一種解脫。我並不太懂什麼叫「離婚」，模糊地感到爸爸媽媽分開了，再不用吵架了。我不知道心中的恐懼是不是減輕，我依然害怕黑暗，怕看打仗的電影，更不敢在生人前說話，並開始害怕媽媽的歌聲。爸爸考慮到我和弟弟在媽媽現在的精神狀態下很難健康成長，向法院提出兩個孩子歸他撫養，媽媽可以隨時來看我們。聽說我們跟著爸爸，我心裡一陣鬆馳，我以為我從此沒有媽媽了，我再不用挨打了。

不久後的一天，老師在全班要作個統計：凡父母都有工作的同學舉手。我遲疑了一會兒沒有把手舉起來。老師點我的名說你的父母不是都工作嗎？我說我爸和我媽離婚了，於是引得全班同學一陣哄笑。

老師把我叫到教研室問起我關於爸媽離婚的事，我哭了……

小學四年級的我仍然是個膽小的孩子。奶奶去世了，爸爸把我們姐弟接回東北。一直到初中一年級，我一直在爸爸家裡住。可是每週六晚上我必須到媽媽那邊，住到周日晚上回來。沒有一次我可以不去，久而久之週六成了我懼怕的日子。媽媽不厭其煩的電話像一個幽靈纏繞著我，我像一個沒有靈魂的軀殼馴服地隨她而去。我奇怪不管我是在學校還是在夏令營她都能找到我。那時正是國家鬧饑荒的時候，我們家裡雖然爸爸有特殊供應的「紅本」，可家裡還是把粗糙的苞米面用秤按天數分成若干份再用紙包好，規定每天只能吃一包。阿姨把白菜幫子剁碎撒點鹽搓成一個圓菜團在苞米面上滾一滾，兩個黃色菜包子就成了我的中午飯。每逢上體育課幾乎所有的同學都拒絕老師「跑步走」的指令，饑餓威脅著每一個上學的孩子。於是聰明的媽媽每次打電話要我過去都說有好吃的在等我，果真在媽媽那總有幾塊糖和餅乾讓我心花怒放。

爸爸把繼母娶進門時，家裡有的是幾張咯吱作響的木床，一張彈不起來的單人沙發，還有爸爸那張折了一個桌角的寫字臺。可是爸爸有一個富有的書房。靠牆的書架是用長條木板搭起來的，很像建築工地的腳踏板。因為板子太長被一排排書壓成月牙形。旁邊還有兩個書櫃，櫃門玻璃碎開的縫永遠咧嘴朝我傻笑。

我從小就愛鑽爸爸的書房。有一天繼母對我說，在書房裡看完書要把書放回原位。我有點不高興，覺得她多管閒事。週六到了媽媽那，我不經意叨咕了幾句，這下可闖了大禍。第二天媽媽闖到爸爸家裡大鬧，說繼母不讓我看書。爸爸躲在裡面屋子沒敢出來，我嚇得蹲在牆角縮成一團，卻是繼母「接待」了她，好說歹說算把她勸走了。事後爸爸沒有怪我，可我好幾天不敢迎他平靜的目光。我很愛爸爸，我知道因為媽媽他心裡很苦，我不應該再煩他。

有一天爸爸走進我的房間，小聲對我說，其實媽媽很願意你看書的。他說的媽媽是指繼母。從那以後，我在自已媽媽面前變得更加小心，經常提心吊膽，生怕哪句話又惹翻了她。逐漸，我學會了細心，謹慎，不多說話。這樣的日子不知熬了多久。

記得我十三歲那年正在上初中。那天是語文課，校長突然到教室把我叫了出去。我好緊張，不知出了什麼事。校長安慰我說學校用車送我去法院沒什麼大事要我別害怕。我當時根本不懂得什麼叫法院，驚恐和不安再次佔據了我。

當我戰戰兢兢走進大門時，發現空蕩蕩的前廳只有媽媽坐在牆邊的椅子上。我不知道她到這裡來做什麼，她為什麼坐在這裡，她在等什麼。慌亂中我看到媽媽投來一絲不安的微笑，只有在她唱歌時才有的微笑。我不敢看她的眼睛，匆匆忙忙被人領進了走廊深處。

這是一間寬敞明亮的大辦公室，房間太大我卻緊張得像要窒息。一位阿姨過來關上了門。她穿著一件淡米色外衣，我確信那是件風衣。她脖子上圍一條淡藍色紗巾使我感到親切，我盯著她的眼睛。她很和藹，說話聲很輕，我有點放鬆了。她給我倒了杯水，這杯水見證了我不久將作出一個關於我命運的重大選擇。

「你知道你爸爸和你媽媽離婚的事嗎？」

阿姨的聲音很好聽，輕得生怕嚇著我。我點點頭。

「是這樣，原來他們離婚的時候，你歸你爸爸撫養。現在你媽媽提出來了，她很想你和你的弟弟，她希望你能歸她撫養。今天阿姨就是來問問你，你同意到媽媽那邊去嗎？」

我又重新恢復了緊張。大腦的直接反應讓我連著搖了好幾下頭。

「是這樣，你媽媽很愛你，很想你，到了她的身邊，你就能天天看到她了」。

我還是搖頭，我為我無法向她說清我並不想見媽媽的所有理由而沮喪。

阿姨還在用盡力氣不停地說。我什麼都聽不見，只看到她的嘴在滔滔不絕。我搖頭，還是搖頭。後來我覺得我頂不住了，我問，我爸爸怎麼說？

「你爸爸說他服從孩子的選擇。」

沒想到爸爸竟然把這樣沉重的選擇交給了我，我那年十三歲。他是知道我不願意去媽媽那的。無助，孤獨，我像被拋進望不到邊際的星空，眼看要墜入深不見底的大海可是沒有人伸出手來救我。我絕望地向四周伸出手臂，嘶啞著嗓子想發出痛苦的吶喊，可是我什麼也沒有喊出來。

我和阿姨僵在那了。我記得過了很長的時間，不管阿姨說了多少好話，我還是搖頭。

後來阿姨說的話，我幾十年後仍然記憶猶新。她說：「你是知道你媽媽的脾氣的。如果你不同意去你媽媽那，你爸爸單位不得安靜，你們學校也不得安靜，連我們法院也不得安靜。如果你去媽媽那了，大家就都安靜了」。

這句話好像一下子把我從無邊無際的空中拉了回來。我立即意識到我的決定關係到這麼多的單位和大人，他們都可以不被媽媽鬧了。一種使命感油然而升。我感覺自己像一個舍已為人的英雄，似乎有了一種掌控全局的氣概。我的確習慣了咀嚼、吞咽和忍耐。我淚流滿面，點點頭，同意了。

戴紗巾的阿姨長長舒了口氣。她立即遞過一張紙，好像是剛才談話的記錄。我知道她在例行公事，她沒有給予我足夠的理解和安慰。筆在我的手中抖動著，控制不住的淚水滴在紙上，我簽下了自己的名字。

離開辦公室前，我鎮定了一下自己。我不能讓坐在外面的媽媽看到我的淚水。這時阿姨走到我身邊輕輕對著我耳朵說，你爸爸是願意要你留在他身邊的，他愛你。這句話又讓我淚流滿面。

看來爸爸也是被媽媽鬧得很無奈。我知道我從此背上了一個巨大的包袱，一條沉重的漫長的路在等著我。可是我勇敢地邁開腿，離開了那間讓我刻骨銘心的辦公室。

媽媽的身體越來越壞，也很少去上班了。有一天單位通知她開黨小組會，領導說由於她長年不好好工作加上愛穿愛吃喝玩樂，「小資產階級思想」始終沒得到克服給黨造成了不好的影響，所以組織決定「勸其退黨」。

媽媽不服。在大鬧了一場後又痛哭流涕。她十四歲參加革命，跟著紅軍到了延安又成為八路軍戰士。她是在延安入的黨，現在要她退出來。她怎麼也想不通，於是她拖著病重的身子一次次找組織談，寫檢查下保證希望能恢復黨籍。她想重新振作起來，可過量的安眠藥使她早上根本起不來不能按時上班，於是寫下的保證又成空話。她看到找組織談沒有結果，於是坐火車跑到北京，找她在延安時期的老戰友老上級，希望能幫她解決黨籍問題。可所有的人都表示愛莫能助。

在事業上徹底失敗的媽媽把我要到手後又非常想念弟弟。可這時的弟弟拒絕見媽媽。他的理由是法律上他被判給了爸爸，所

媽媽，我和弟弟

以他有理由不見媽媽。我對弟弟說不管怎樣她是我們的媽媽，依然遭到拒絕。有一天媽媽實在想弟弟，她求我能否領她去弟弟住處看看他，我跟弟弟商量，他想了好一會兒就同意了。那一天媽媽真是高興，他為弟弟買了一大堆新鮮的蘋果，跟在我的後面走進了弟弟的住處。

我們像陌生人一樣呆坐著。弟弟幾乎不看媽媽一眼，只是扭著頭和我說了一些不相關的閒話。媽媽幾次想插話，都被弟弟擋了回去。

也只有不到十幾分鐘時間，弟弟送我們走出了房間。

沒有想到，這是媽媽和弟弟的最後一次見面。

我第一次看到媽媽那樣悲傷的神情。她的美麗的眼睛裡含滿淚水，平時總讓我羨慕的兩根眉毛在輕輕抽動。她沒有讓眼淚落下來，但我感受到了她難以掩飾的失落。我一時理不出頭緒，不知道為什麼一家人到頭來會四分五裂。我不理解媽媽，為什麼這樣愛孩子還總打孩子？我也不理解弟弟，為什麼對自己的生母有解不開的結？我也想到爸爸，如果為了我和弟弟，能不能再多忍一忍呢？我更不理解我自己，為什麼不喜歡媽媽，卻能和她永遠在一起？

帶著種種的疑問，我陪伴媽媽過了好幾年。媽媽離開了黨，離開了她的丈夫和兒子。自從我到了媽媽這邊後，她很少再去各級組織鬧了，也再沒發生她去爸爸家鬧的事情。她身體確實太弱，領導給她辦了提前退休，又由於她是延安老幹部，以後退休又改成離休。

那是一個非常寒冷的冬天。

一天放學回家天已經黑了，我一進門看到媽媽右腿打著石膏纏著紗布，身邊立著一根拐杖。我吃驚不小，她卻笑吟吟說白天不小心在冰上滑倒，鄰居把她送到醫院。我忙把媽媽所有吃的藥檢查一遍，又把病歷看了又看，始終放心不下。房間很冷，我不知在哪弄到一個碳盆，晚上把碳點上屋裡頓時暖和多了。媽媽笑著說，在延安他們就是用碳取暖，先用泥燒碳再用碳燒炕。我在媽媽的敘述中慢慢睡著了。半夜裡突然被劇烈頭痛驚醒，渾身一點力氣都沒有，我立即意識到是碳氣中毒。我想坐起來可怎麼掙扎身子都如一攤泥。我強睜開眼發現媽媽正用一隻腿踩著地四處找拐杖，我掙扎著想爬起來可心裡明白就是動不了。

媽媽這時竟扶著床一瘸一瘸挪到桌邊，抓起一杯水「撲」地倒在碳盆上，又手忙腳亂地把桌上暖瓶裡的水嘩拉嘩拉全倒在碳盆上。轉眼間碳盆冒著青煙「滋滋」作響。她來不及找拐仗不顧那條傷腿又一瘸一拐趕到窗前。她看我說不出話一邊喊我的名字一邊用盡力氣去開窗子，可是窗子被凍住了怎麼也打不開。她又對我喊著返身找到了那根拐仗。她舉起那支拐用力去砸窗子，嘩啦一聲玻璃終於被砸碎。

窗外正下著大雪，雪天的深夜靜極了。一股冰冷清新的空氣向我撲來，頭部的劇痛開始退去。我望著站在地上不安地看著我的媽媽，她只穿著薄薄的睡衣，身上沾著水和碳末，她的頭髮蓬鬆著，美麗的眼睛焦急地望著我。她一拐一拐走到我的床前，用手摸著我的頭。她的手冰涼，一個勁地發抖。她冷得混身哆嗦，可就是不回到她的床上去。

我的眼淚湧出來，濕著了枕邊。我突然意識到，她是我的親生媽媽。從生下我到這次煤氣中毒，她兩次搶下了我的生命。

那一陣媽媽情緒挺好，可能是因為我總守在她身邊的緣故。每天晚上陪著她吃完飯再給她倒水洗臉洗腳，然後打開電視讓她挑想看的節目。那幾天正在播一個關於抗戰時期延安生活的連續劇，媽媽看得很認真。電視劇的主題歌是《延安頌》。每當歌聲響起，媽媽就跟著一起唱，直到唱完最後一句，直到最後一個鏡頭消失。

夕陽輝耀著山頭的塔影
月色映照著河邊的柳陰……

經常是我把電視閉了，媽媽還在唱。那天看到媽媽興致很高，我試探地問起她在延安的事情。

這是一個巨大的憂傷的閘口，被我輕輕地打開了。

1926年媽媽出身在山西太原。一直到她老了還嘮叨說從小鄰居的叔嬸婆娘都誇她長得好看。小時候的媽媽聰慧活潑，天生一副好嗓子，人沒到歌聲先飄來了。媽媽常對我說她的媽媽也長得漂亮，在太原女子第一師範學校教書。她記憶最深的是她媽媽那對淡粽色的眼睛，非常亮，非常柔。媽媽的媽媽不但寫得一手好字，刺繡也是遠近有名。媽媽的爸爸長得英俊魁梧，她是家裡的「小心肝」，在她媽媽的學校念了五年書。

可是就在媽媽的媽媽三十多歲的時候，得了肺病早早去世了。她的爸爸是個舊知識份子，在區裡做事。他很快找了個繼母。

她覺得繼母不但眼睛長得小，而且為她爸爸生了個弟弟。從此她要經常吃弟弟吃剩的飯菜，還不許她在家裡唱歌，對她很不好。時間長了她便有了要離開這個家的念頭。正好趕上1937年的「七七」事變，她看到有個「犧盟會兒童劇團」在街頭演出宣傳抗日，十歲的她跑去亮開嗓子就唱，人家想收她當演員可是看她太小，沒要她。第二年，不願看繼母臉色的她又跑回部隊要求入伍，一位文藝隊的領導吃驚地看著眼前渾身是土的女孩說，這丫兒可是有個性。於是收留了她。她爸爸到部隊去找她，說她才十一歲還是個孩子不能參軍，硬拉她回家，她說什麼也不回。後來在隊長和小夥伴們的勸說下，她爸爸不得不一邊哭一邊獨自回家了。後來她爸爸得了肺炎，加之思念女兒，不久便去世了。後來我知道，媽媽為這點記憶寫下了一輩子的「交待」和「檢查」。

1938年秋天「犧盟會兒童劇團」正式編入山西抗敵決死二縱隊兒童劇團，這是共產黨領導的進步組織。媽媽從此參加革命。以後兒童劇團併入黃河劇社，呂梁劇社，唱了「黃河大合唱」又唱「旗正飄飄」，演了話劇「平型關戰鬥」，又演「百團大戰」、「八百壯士」。媽媽越演越熟練，逐漸由群眾演員變成了主角。[1]

1940年夏天，十四歲的媽媽隨呂梁劇社到了延安。

媽媽喜歡延安。她覺得延安最美的是位於西邊的鳳凰山麓和東南方向的寶塔山。那個長方形條石砌成的城牆作為屏障證明了延安自古就是打仗的邊塞要地。當然不久城牆就被戰士們拆了去

1 摘自《晉綏革命根據地文藝人物錄》中國戲劇出版社

修禮堂，延安的大小禮堂有五、六個。媽媽還喜歡那條由北向南靜靜流淌的清澈的延河水，大家天天在河邊洗臉，然後提一桶水給炊事班送去。開始媽媽被分配到抗大學習，她穿上部隊發的軍裝，戴上軍帽。她還學會了打草鞋，裹綁腿，每天除了學文化，就是立正敬禮，跑步練操。

媽媽在女兵班認識的第一位班長，比她要大十幾歲，大家都稱她「老大姐」。老大姐最大，媽媽最小，所以媽媽格外受到老大姐照顧。看到媽媽的軍服太長，老大姐給她縫進去一大塊；看到媽媽還拖著山西帶來的兩根小辮，老大姐給她剪成短髮；看到媽媽總愛把兩鬢的短髮掖到耳後，老大姐就把自己的一個榆木小鏡子送給她。媽媽在部隊找到了家的感覺，她說老大姐很像她的媽媽。

因為媽媽嗓子好，很快又被送到「延安大學魯迅藝術學院」（簡稱「魯藝」），一邊學習一邊演戲。老大姐對她說，進了大學就是大學生了，不能老是活蹦亂跳。

以後，媽媽知道魯藝的校長是毛澤東，還有張聞天，周恩來。周揚，何其芳，陳荒煤常去給他們講課。

不久，媽媽她們開始排戲了，她很快成了「女一號」、「女一號」每演一場就能得到一個煮雞蛋。在戰爭時期演出最常發生的事是「導演」根據抗戰形勢經常在演員臨上臺了還在改歌詞，媽媽總是一轉眼就把新詞背下來上臺就演，因此深受大家喜愛。在媽媽八十多歲的時候，我曾經看過她自己寫的一份簡歷，當時她在延安主演的小戲劇小歌劇不下五十多出。

有一天，媽媽又要上臺了，這時老大姐急急忙忙對著她耳

1942年春，媽媽從魯藝調入120師「戰鬥劇社
在演出前全體隊員合影，第二排倒第三站立者是媽媽

朵說，毛主席今天來看演出。媽媽還沒反過神來後臺音樂響了，她挎著個籃子就上場，一邊唱一邊用眼睛往台下瞄。她看到毛主席坐在第一排正中間，因為眼睛走神，結果詞唱錯了，台走錯了……

後臺導演急得捶足頓腳，劇團的演員們急得滿地轉。老大姐安撫了這個又安慰那個，結果媽媽接受了嚴厲的批評，她把在延安學會的所有的字都用上寫了平生第一份「檢查」。以後媽媽對我說，其實她的最大的缺點就是「吊兒郎當」。

媽媽是演《兄妹開荒》「走紅」的。

《兄妹開荒》是她們向延安「魯藝」學的一出表演唱。演的是兄妹倆人響應「大生產」和「學文化」號召一邊鋤地一邊學認字。兄妹兩人一邊唱一邊扭相互考看誰認的字多，整個表演把學文化的意義宣傳得通俗易懂。媽媽只要把嗓子一亮，立即迎來一片掌聲。她們一路演出到晉綏邊區，先後演了兩百五十多場。從此媽媽有點驕傲了，早晨不願起演戲常遲到。部隊紀律是很嚴的，媽媽常受到批評。

1944年底，媽媽又被部隊送入延安「魯藝」戲劇系學習。隨著前方戰事越來越緊張，為了給戰士們鼓勁，媽媽她們的學習時間越來越少，演出越來越多。她天天晚上上臺前，和大家一樣用碳灰畫眼睛和眉毛，用莊稼糜子碾碎了抹成紅臉蛋。媽媽總是一邊化妝一邊背導演改的詞，她的妝也總是比人家畫得好看。

每晚的演出一場接著一場。不久媽媽在臺上總能發現有一個人靠著小禮堂門口天天看她演出。他個子很高，著一身洗得發白的八路軍軍服。濃濃的雙眉下閃著溫和的眼神，肅靜的臉龐總現出沉思狀，他不太愛笑，文質彬彬，聚精會神。

媽媽卸了妝從他身邊走過時，他溫和的眼神卻燒燙了她的心。

那天媽媽和老大姐還有幾個女學員到操場散步，看到十多個男兵在打籃球。籃球架是用老鄉家夾木杖的棍子支起的，讓村裡的鐵匠彎了兩個鐵圈。媽媽注意到其中有一個大個子跳得非常高，他每次投籃即使球沒進也帶起一片叫好聲。媽媽此時屏住了呼吸，眼睛一刻也不離開那個大個子，他姿勢矯健，英俊威武，跳起來再落地時顯得動作瀟灑乾淨利索，不大的球場成了他展示身姿和球技的好平臺。媽媽認出來了，他就是天天來看她演出的那個男人。

那時沒有哨子，裁判需要吹哨時就敲一下鑼。當鑼聲再響起時，比賽結束。大個子擦著汗走到媽媽面前。他溫和的眼神再次燒燙了媽媽的心。

後來他們認識了，原來他是從上海那邊來延安的大學生，當時任延安一張報紙的負責人，他讓媽媽管他叫「E君」。

E君天天按時來看媽媽演出，如果有一天沒來媽媽就焦慮不安。後來每天演出完E君都留在門口，等媽媽像小鳥般飛過來。

寶塔山上的塔樓披著晚霞靜謐美麗，窯洞微弱閃動的燭光也變得明亮。媽媽對我說E君特別喜歡到河邊走，所以延河水最能證明她和E君的相愛。五十年後我去過延安採訪，好奇心驅使我先去看延河。渾濁的延河水幾乎成了「黃河」，河面狹小，河床佈滿黃泥。想起當年在這裡談戀愛的媽媽心裡倍感酸楚。當年媽媽愛聽E君說話，他講歷史故事，講名人回憶，講文學，也講他的報紙。他很少講戰爭和苦難，他的心裡沒有連天的炮火，病痛和死亡，只有璀璨的未來。認識E君以後媽媽變得平靜了，矜持了，可也經常被E君的話逗得前仰後合。E君送給媽媽一塊絲綢緞子布料，他說是從上海帶來的，家人讓他留著做被面。媽媽沒見過這麼好看的布料，細心珍藏起來。有一次E君說他想聽媽媽唱歌，於是媽媽向著河水唱起「延安頌」。怪不得媽媽八十多歲了還在電視機前唱這支歌，前面四句她總是唱得非常深情：

夕陽輝耀著山頭的塔影
月色映照著河邊的柳陰
春風吹遍了坦平的原野
群山結成了堅固的圍屏……。

媽媽和E君的相愛很快在部隊傳開了。有一天老大姐匆匆趕來把媽媽叫到外面，她從來沒有那麼嚴肅過。她說媽媽不能再和E君來往，這是組織決定。

「可是我們沒有影響戰鬥」。

「這是紀律」！

媽媽趕緊找到E君，她的聲音是顫抖的。

E君的雙眉抽動著，只說了一句：暴風雨要來了。他說話聲很輕，低著頭。

那天晚上媽媽一直在哭，剛剛十五歲的她不懂得該怎樣打理自己一發不可收拾的情感。白天照常是軍號聲口號聲響在寶塔山下，晚上依然是歌聲笑聲蕩漾在靜靜流淌的延河水邊。可媽媽已經好幾天沒有見到E君，她頭不梳臉不洗，天天躲在窯洞裡不出來。老大姐給她送來一碗黑豆湯。那時延安糧食極缺，好長一段時間主食就是黑豆，每天一個雞蛋也不發了。媽媽吃完了黑豆上臺就唱，下臺後就開始拉肚。幾天下來，人瘦得皮包骨。

媽媽所在的120師，師長是賀龍。一次偶然的機會，媽媽遇到了E君報社的一位同事。那個人告訴她，E君被組織上判給別人了。媽媽聽不明白，那個人說，一位中央首長的女兒看上E君了，非要和E君好，於是天天找她爸爸鬧。那位首長被女兒鬧得沒辦法，只好去找賀龍。賀龍決定：為了不影響首長工作，就把E君判給了那位首長的女兒。

「那E君怎麼辦」？

「他能怎麼辦，服從組織分配」。

媽媽如瘋了般掙脫老大姐和女學員們的阻攔，獨自沖進了一個部隊領導的窯洞。她一邊哭一邊喊，憑什麼把他倆分開。她大吵大鬧，無法無天，領導氣得把桌子拍得山響，說這是部隊不是妓院哪能容得你這麼不知羞恥。領導說別忘了你是戰士還有沒有組織紀律，說著讓人把媽媽拖出了窯洞。

媽媽哪裡知道，這時由中央決定的由康生具體領導的延安整風運動已經開始了。媽媽很快被拎了出來。

媽媽被點名在各種大大小小的整風會上作檢討，回答各種問題，然後要寫書面材料，從家庭出身開始交待。媽媽說不清她父親和家裡人的事情，於是批判會一次次開，檢查一次次寫。她說自己政治上要求不積極，生活作風不嚴謹；感情脆弱，心胸狹窄；不努力學習，不好好改造自己；媽媽被定為「小資產階級」思想嚴重，可她到頭來也沒搞清倒底什麼是「小資產階級」。

不久老大姐和她在部隊任領導職務的丈夫同時被打成了「特務」。

以後我在有關資料上看到，這次延安整風運動有一半以上人被整，用毛澤東自己的話說，搞了兩年整風抓了幾千的特務。中央黨校抓了兩百五十人，毛說應該是三百五十人，邊區抓了七千人，毛說應該是一萬人。結果，各根據地合起來就是十多萬特務大兵。

年輕的媽媽不懂這些，她只是想E君。

正在受審的老大姐來勸媽媽。媽媽倒在她懷裡，淚水伴著一句句哽咽。媽媽說她沒有別的希望，只是想再見一次E君。老大姐搖著頭說，不能再見了，這是組織決定。老大姐說組織就是黨，一切都要聽黨的。媽媽很困惑，她是黨員卻不知道黨在哪裡，黨是什麼樣的。老大姐說，有的時候，組織可能會不瞭解你，甚至懷疑你，只要你堅信組織，一切都會解決的。

媽媽相信老大姐的話，懷揣著「堅信」兩個字，被開除了八路軍軍籍。

十五歲的媽媽離開了部隊。她更不知道E君這時候在哪裡。她不得不回到太原，父母親都沒了，繼母家回不去，她只好去祖父家。這時她的祖母已去世，家裡的房子和院子都賣光了，祖父靠要飯生活。沒幾日祖父在她身邊咽下最後一口氣。她愈加想念延安，終日以淚洗面。她學著自己找吃的，她覺得自己要活下去。

在太原實在熬不下去了，她一個人又去了延安。她不能回部隊，便自己找到土改工作隊參加了土改工作。她找到一個老鄉家，老鄉認出她是演《兄妹開荒》的妹妹，有一個銀鈴般的嗓音。老鄉收留了她。她天天幫老鄉挖土豆，背柴火。她覺得土豆比黑豆要好吃些。她一邊挖土豆一邊想E君，一邊想E君一邊掉眼淚。

終於有一天，老大姐拿著一個包袱急匆匆來找她，告訴她延安整風結束又開始「糾偏」，她的「特務」身份已經得到甄別，媽媽也作為被糾偏對象可以重新回部隊。媽媽聽後撲在老大姐懷裡大哭，她說她就是想見E君。

老大姐說絕對不可以，剛剛獲得「糾偏」絕不可再失去。「聽說那位首長的女兒就要結婚了，丈夫就是E君」。老大姐的話斬釘截鐵！

悲痛欲絕的媽媽還抱最後一絲希望：「那E君他同意了？」

「這是組織決定，沒有同意不同意」。

我敢說，媽媽後來犯精神分裂，受刺激的根子就是從這一天開始的。雖然從來沒有人跟我說媽媽為什麼會有這麼嚴重的神經衰弱病症，可是縱看媽媽的一生，延安時期的生活才是導致她一生痛苦的根子。因為那時候她太年輕了。經常聽到有些媽媽的老戰友批評媽媽不堅強——一個年輕又單純的女孩子，又能要求她怎樣堅強呢？

可憐的媽媽。

老大姐打開了她身背的包袱，幫媽媽穿上了延安的軍裝。媽媽機械地任老大姐擺佈，當年第一次穿軍裝的興奮已蕩然無存。

回部隊後，土改隊隊長和一些同志們跟她談話。以後媽媽在「交待材料「中寫道：隊長給她講了許多生活和鬥爭知識，要學會忍受痛苦，給了她再爬起來的勇氣和力量。以後媽媽又寫了好幾次檢查，總算把那一頁翻了過去。

媽媽又開始演戲了。她的歌聲又響在各個部隊的舞臺上。她知道她最想念的人再不會在台下看她演出了。演出結束後再不會有人送她回窯洞了。

幾個星期後學院接到通知要戲劇班的女學員去參加週末舞會，一大幫女學員嘻嘻哈哈地到了延安小禮堂。

三把二胡，一架洋琴，還有一支笛子，一支嗩吶，為平時演出用的小樂隊這時成了舞會的伴奏。當首長們走進禮堂時，音樂響起來了，女學員們一個個緊張得崩緊了臉。這時老大姐走到媽媽身邊，往前一指說，那位首長先下場，你去請。

「他是誰」？

「朱德」。

媽媽想都沒想立即執行命令在全場的注視下大步走到朱德面前，立正，敬了軍禮。朱德微笑著拉起媽媽的手，媽媽隨著他挪動起步子，舞會就這樣開始了。

媽媽在樂聲中用眼睛搜尋著人群，她渴望能看到E君的身影。可是沒有。命運在她的眼神中留下的是哀婉，幽冥，困惑和無盡的悲傷。晚上回到窨洞，媽媽的臉色蒼白。老大姐幫媽媽鋪被子，說了句：你今天很漂亮。

時間到了1945年8月，日本宣佈投降了。當時中央指示要找個嗓音好的女同志把日本投降的消息通過廣播喊出去，於是部隊領導選定了媽媽。媽媽知道那些廣播器材是周恩來從敵佔區搞過來的，她用自己清脆的嗓音念道：「中國共產黨中央委員會在延安宣佈：我們經歷了八年的艱苦抗戰，打敗了日本帝國主義對我中華民族的侵略。今天我們向全國全世界鄭重宣佈：日本投降了，日本投降了！」之後不久，又播發了中國人民解放軍朱德總司令向全國各戰場發出的進軍命令。

延安沸騰了好幾天。晚上大家把破布捆在木棍上灑上煤油高舉著火把沿著寶塔山彎曲的小路拉起一條長長的火龍。有敲洗臉盆的，有扭大秧歌的，有舉拳喊口號的……

可是，形勢很快發生變化。1947年，蔣介石調精兵強將進攻陝甘寧邊區，中央決定放棄延安，轉戰陝北，成千上萬的部隊向黃河邊集結。

媽媽的演出也停止了，大家隨著部隊轉移。

春寒料峭，黃河渡口擠滿了等待過河的部隊。缺少糧食彈藥，戰士們只能用野菜充饑。細雨一直不停地下著，媽媽和她的戰友又冷又餓，在雨中打著哆嗦。忽然媽媽發現前面有一副擔架抬了過來，她認出了躺在擔架上的那個人。她想都沒想沖到擔架邊。

「朱總司令，朱總……」

正在發高燒的朱德睜開眼睛，他沒有認出眼前這位凍得縮成一團的女戰士就是那次陪他跳舞的魯藝大學生。

「朱總司令，我們這是上哪去？我們為什麼要離開延安？我們是不是失敗了？革命能成功嗎？我們能堅持嗎？」年輕的媽媽不顧一切用顫抖的聲音一連串地發問。

「誰說革命會失敗？這只是戰略轉移，小鬼，相信黨中央，我們一定勝利。」

「我們一定勝利」。媽媽心中默念著，冒著雨在人群中默默尋找。被雨水澆濕的頭髮緊貼在她的臉頰。她尋找黎明，尋找晴空，尋找愛情。軍裝冰冷地貼在身上她全然不知，她只希望能看到E君。她在人群裡穿來穿去，希望能找到E君。她想第一個告訴E君，延安能勝利，這是朱德說的。只要革命勝利了她們就能相聚。可是，她再也沒見到E君的身影。

部隊派了幾個戰士保護多是女兵的文藝兵撤退。老大姐還是忙前忙後的招呼著這幫娃娃兵。道路泥濘，又要爬山，加上樂器和各種家什，文藝兵慢慢和大部隊脫節。突然有人發現後面有敵人在追，大家頓時慌了手腳。老大姐果斷命令她自己和幾個拿槍的戰士留下掩護，其他人向山下撤退。

女兵們都知道老大姐這時已懷孕，說什麼也不讓她留下。媽媽抱著一棵樹就是不走，任憑老大姐怎麼說也不撒手。最後老大姐掏出槍對著自己的頭說，你們要是不走我就死在這裡。媽媽拽著老大姐的胳膊痛不欲生，最終被戰友們拉走了。她們躲進一個山洞，很快聽見山下傳來「延安頌」的歌聲，是老大姐的聲音，為了把敵人吸引過去。然後是一陣槍聲後，山裡山外靜得可怕。直到天黑下來，才等到一個負傷的戰士撤回來。他說老大姐被敵人抓住了，她現在還躺在血泊中。

老大姐的犧牲是給媽媽精神的又一次沉重打擊，她陷入空前的失落而不可自拔。在以後的生活中不管她是清醒還是病中，她始終惦記著這位老大姐，直到她老了，她終生都不忘。

1946年元月，媽媽在「魯藝」戲劇系學習結業後回到晉綏，又急匆匆趕到綏蒙前線，加入到戰鬥劇社支前工作隊行列，在大同攻堅戰中，她參加演出的劇碼有「送郎參軍」、「小倆口過河」等，因為表現突出榮立戰功！

1947年4月，彭德懷指揮的部隊收復了延安，媽媽跟著「魯藝」劇團回到了原駐地。那天部隊領導開會說：「魯藝」集體創作了一部新歌劇《白毛女》，後方部隊演出後十分成功。部隊決定馬上排練在前方演出，由媽媽主演喜兒。

《白毛女》講的是窮人家女兒喜兒被搶到地主黃士仁家，因忍受不了迫害逃進了深山老林，用野菜、樹皮和廟裡的供品充饑，三年的生活煎熬使她頭髮變白，由人變成了「鬼」。解放了喜兒被救回來從此由「鬼」變成了人。由於解放戰爭已轉入反攻階段，每解放一個城市，劇社就為當地軍民演出一場。

媽媽全身心地投入排練。她白天排戲晚上演戲，有時間還去炊事班幫助燒柴，洗土豆。她的話越來越少，歌聲卻越唱越響。她在前方把《白毛女》演得熱火朝天，媽媽也越唱越紅。

媽媽不但戲演得好，還天天跟著部隊不是種地就是紡線。她逐漸學會嚴格要求自己，做到再累再苦早上按時起，集合不遲到。演戲不馬虎，勞動不落後。她好長時間沒有寫「檢查」，卻寫了一份「入黨申請書」。

1948年，媽媽成了全班最年輕的共產黨員。

為了排好《白毛女》這出重頭戲，劇團派來一位新導演，媽媽聽說他專門學過蘇聯斯坦尼斯拉夫斯基的戲劇學，對地方戲曲也很有研究，很有學問。他個子不高戴著一副近視鏡，舉止斯文，說話文雅，平時講課深入淺出，白天領大家排戲晚上伏案寫作。他就是我的爸爸。等我長大後爸爸曾對我說，當時媽媽不但戲演得好歌唱得好而且年輕漂亮又很單純。媽媽對我說，當時她還沒有從E君的痛苦中解脫出來，既然有人想和她好那就好吧，也許新的感情能代替過去，找一個歲數大點的也許是個依靠。於是兩個人走到了一起。

我是在媽媽的舞臺上誕生在媽媽肚裡的。媽媽懷上我後還在演《白毛女》。有一次演地主黃士仁的演員不小心一腳真踢到了媽媽的肚子上，疼得她坐在台上半天起不來。其實當時為了演戲媽媽很想把我打掉，可她怎麼蹦怎麼跳我就是不出來。一直到她隨爸爸去了北京，媽媽挺著大肚子還去天安門看了「開國大典」。

歷經了千難萬險媽媽生下了我。

有一天，媽媽突然接到組織上的通知，要她去北京某醫院。一位領導告訴她，是E君患了絕症住在醫院快不行了，領導問他還有什麼要求，他說只想見見媽媽。

媽媽後來對我說，她不知道是怎樣走進病房的。她天天想見

E君，可她現在非常害怕。她只記得她趴在E君的身上放聲大哭，後來她非常後悔，因為重病的人是不能激動的。她更後悔她只是一味地哭，記不得E君都說什麼了。

是媽媽記不得了還是E君的話成了媽媽心中永遠的密秘？我不得而知。

是組織決定，他們再沒見面；又是組織決定，他們是這樣相見。

E君走了，媽媽的靈魂也跟著去了。

可惜瞭解到這一切，已是在我三十多歲以後的事了。

現在，坐在電視機前的媽媽老淚縱橫。電視機裡的《延安頌》已經過去了。媽媽額前的白髮在微微顫動，嘴角抽動著喃喃自語。儘管這來自遠處的情感似乎已經淡漠，可媽媽還是被那個舊日幸福與痛苦的複製震動了。我聽見她在懺悔，說她一生就毀在這段感情上。她的思念和自責攪在一起，她依然承受不住記憶的血水心力交瘁地滲漏。

從這以後，我知道了媽媽心底藏得最深的故事。她的精神因捲入的那段曲曲彎彎的歷程而四分五裂。我意識到我從小和媽媽之間建立起的那道堤壩被來自媽媽心靈深處的淚水的波濤衝擊而散，感情的壁壘面對愛情的淒美和高尚霎時坍塌。我同情媽媽的遭遇，為她終生所受的傷害和疾病折磨而痛心疾首。

我趴在媽媽的耳邊輕輕說，媽媽你愛E君E君愛你這沒有錯。

媽媽說既然組織不同意我就不應該鬧。

我說愛誰不愛誰為什麼要組織同意呢？

媽媽說我們共產黨員從來是把組織當作生命的。

我小聲說媽媽你現在已經不是黨員了。

媽媽說她已經打了好幾個報告，要恢復黨藉。

我無語。這是媽媽的權力和自由。

1966年，「文化大革命」開始了，全省第一個被揪出來的大叛徒兼走資派竟是爸爸。爸爸倒了，我帶著弟弟執行「上山下鄉」的命令走向陌生窮苦的農村，媽媽一個人去了「五。七」幹校。

面對這個新世界無產階級革命的吶喊和對「千百萬人頭落地」的預言和警告，媽媽始終顯得麻木而無動於衷。她用E君送給她的那塊絲綢緞子布做了一件薄薄的小棉襖，沒想到第一天穿到單位就引起議論。接著是開大會小會，批評她穿這樣的衣服是「封資修」。這件小棉襖媽媽一共就穿了一天，一直保存到她去世，至今還放在我的箱子裡。

我在冰冷的東北農村一邊戰天鬥地一邊在心裡擔心著媽媽，不知道她怎樣照顧自己，眼前總閃現她脆弱、憂傷和慵懶的身影。不久我請假回城，得知爸爸住進了「牛棚」。繼母一個人在家著急，她勸我去牛棚看看爸爸。我說服了造反派好不容易見到爸爸。他比以前更瘦了可精神不錯，微笑著和我開著玩笑。爸爸經過延安整風，經過反右，現在又經歷「文革」。他歷經坎坷但心中始終留守著自己的坦蕩大氣，在風雨中淨化自我領悟生命，是我終身的榜樣。

規定的時間到了，造反派催我走，在門口爸爸忽然小聲問我：「你媽媽怎樣了？」

我一時慌亂，不知爸爸指的是哪個「媽媽」，當然是繼母。

我說：「她很好，惦記你呢。」

「我是說你的媽媽怎樣了？」

「啊，我剛從農村回來，她應該在五。七幹校吧。」

爸爸知道「文革」這麼亂，媽媽肯定不會安靜的。果然我打聽到媽媽竟然從幹校自己跑到北京又一次把腿摔折了。我急中生智居然在媽媽老戰友那打聽到消息，才知道媽媽竟一個人跑到北京八寶山去看E君去了。她居然能找到E君的骨灰。「文革」期間沒有鮮花她便折了幾根樹枝放到了E君的身前。八寶山在北京的西邊，回來時她一個人一會兒哭一會兒唱一不小心摔倒在馬路牙上，受傷的右腿再次骨折。她被人送進醫院沒有人陪沒有人給她送飯，我在農村她又聯繫不上，不知道那些日子她是怎樣熬過來的。後來她被送到一個老戰友家，老戰友還在挨批他的夫人也是延安過來的，二話沒說收留了媽媽。

我好不容易聯繫上媽媽。天冷了，媽媽讓我把她的衣服寄往北京。那天窗外風雨交加，我在媽媽的箱子裡發現了她的一個化妝盒，打開看裡面躺著一個很舊的本子。我好奇地掀開第一頁，看到一個八寸大的男人的像片——他面目清秀輪廓分明，靜靜地看著你。粗粗的雙眉下有一對溫和的眼睛。他就是E君？我的心「呯呯」跳。像片顯然是從很舊的一張報紙上剪下來的，顏色呈黃綠色。我耳邊出現了幻覺，好像聽到一個莊重而有分寸的低沉嗓音，那麼富有變化地表達著什麼，像是遠處暴風雨無窮無盡的雷鳴。我驚慌失措，注意到像片後面貼了一張紅紙，兩邊各留出一塊一寸寬的紅邊，用毛筆豎著寫了兩行字：右面是「我親愛的戰友」，左邊是「你在何方」——這是媽媽的筆跡。

這兩句詞我很熟悉——歌劇《江姐》裡的兩句歌詞。那是江姐在得知她的丈夫彭松濤犧牲的消息後唱的一個經典片段。怪不得媽媽平時拿著歌本一遍又一遍唱：

天昏昏，野茫茫
高山苦城暗悲傷
老彭啊
親愛的戰友
你在何方……
你的話依然在我耳邊響
誰知你壯志未酬身先亡……

在我得知媽媽的故事之前，聽媽媽唱這段歌我覺得她唱得很深情，很優美；知道媽媽的經歷以後，聽得出她唱得很淒苦，很失落，很憂傷……

自從我被「判」給媽媽後，爸爸每月給我三十元「撫養費」放在媽媽那裡。這一天我到繼母那拿到下個月的三十元錢，坐上火車去了北京。

媽媽見到我像見到了大救星。她的腿還打著石膏。她沒有告訴我因為什麼摔成這樣，我什麼也沒問把她接回了東北。

在以後的漫長時光裡，我再也沒有離開媽媽。可是因為工作太忙，我不可能承擔起服侍媽媽的所有重任，再說我天生也不會做家務。我開始為媽媽找阿姨。有了阿姨媽媽反而踏實了，她也不願讓我為她影響工作，只要我總能出現在她眼前就行。這一晃就過了幾十年。

平時媽媽一人總感孤獨，但是我婆婆家卻非常溫暖。媽媽經常被婆婆請去作貴賓招待，媽媽很開心。

媽媽的身體越來越差，可她精神狀態還好，而且和鄰里、單位的人也處得不錯。我慢慢觀察，只要不刺激她，不讓她煩躁，她是不會鬧的。但她還是離不開安眠藥，每天我不把藥放到她手心她是絕不睡的。這讓我很惱火，因為這樣吃藥等於慢性自殺。

我上網，查醫藥書，始終找不到能讓媽媽少吃藥的辦法。她吃藥太多不但經常出現幻覺，而且敏感，多疑。有一次我看到她的大米舊了，便給她換上新的，半夜她突然打來電話，說我偷她大米了。電話把丈夫和女兒都驚醒了，女兒發牢騷說姥姥怎麼不管天黑天亮就打電話。還有一次家裡來了客人我向媽媽借了一個鋼絲床，半夜媽媽又打電話命令我必須馬上把床給她送回去。我穿上衣服頂著月光打車送床，給生氣的媽媽蓋好被子，輕輕哄著她睡去了。

這樣的事不知發生了多少，慢慢成了家人互相傳說的笑話。每次家人埋怨時我總是一句話：「她是病人，她是病人」。對於病人還有什麼可說呢？我無法向大家解釋也什麼都解釋不清。

大夫給媽媽開的藥越來越多，而且藥和藥自相矛盾。吃了心臟的影響胃，吃了胃的影響肝。吃這個不能吃那個，那個不吃這個吃了一樣犯病。看著媽媽桌上站著一排排藥我真是一籌莫展。於是我仔細研究每種藥的說明書，嚴格掌握媽媽吃各種藥的時間，我想盡辦法減輕媽媽的痛苦，哪怕只有一點點也行。

最難的是媽媽住院，幾乎每個月我都要送她去住一次院。其實媽媽很怕住院，她的血管已經很難進針可吊瓶從來就沒停過。有時剛住了幾天她不耐煩了半夜跑到院子裡大喊大叫，無論阿姨護士誰也拉不住。於是不管是黑天白天我經常被醫院的電話叫過去處理媽媽的事，只要我往媽媽身邊一站，她很快就安靜了。

有時候我真的被媽媽折騰得煩了，我在心裡叫著，爸爸呀爸爸，你離婚拍拍屁股走人了把媽媽甩給了我，你知道我受多少罪嗎？可一看到媽媽身體好一些安靜下來時我又心軟了，我們又說又笑，所有的苦惱都丟在了腦後。

媽媽高興起來像個孩子。也許因為是演員出身，她說話幽默反應極快，常把周圍的人逗得哈哈笑。不論是剪頭髮的小姐還是做按摩的師傅，哪怕是小賣店的大叔飯店的服務員都喜歡媽媽光臨。只要媽媽一走進來，屋裡頓時一片歡騰。我以前只知道媽媽愛唱歌不知道她竟這麼風趣，她如果沒有病該多好呀！

媽媽從來不提E君的事。直到她去世後我在收拾她的遺物時也再沒有發現E君的那張照片。媽媽平時倒經常提起爸爸，她說

媽媽高興時
像個孩子

爸爸其實是個好人。最叫我難辦的是她想弟弟快想瘋了，天天催我給弟弟寫信。可是我無法說服遠在南方的弟弟，他和媽媽幾十年沒見了已經非常陌生。我也沒有權力強迫他來見媽媽，作為一個成年人他有他的選擇。

我曾經暗示過媽媽小時候打弟弟的情景。她根本記不得了。

可弟弟卻一直記著，並一直不願原諒她。

後來我發現媽媽一到外面見到人就誇我，說我是電視臺的高級記者，說我做了十年的省政協委員，說我得了多少多少國家獎，說我這個說我那個……這些話她都快背下來了。我奇怪媽媽為什麼老向別人說這些呢？仔細觀察發現其實媽媽內心非常自卑。單位裡她資格最老工資最低，入黨最早房子最小。媽媽的單位是省文聯，別人都是作家戲劇家，她那麼早的「當紅演員」現在只是個老病號。於是我安慰媽媽說，別看你現在沒成就是因為你身體不好，你看你至今歌聲不老。你看你拿來歌譜就能唱詞，這個本事我還是跟你學的呢。我甚至說別看你女兒有能耐若不是你剖腹生我我還不知道在哪呢。幾句話說得媽媽哈哈笑。

1992年春節，父親在北京突然病逝。我沒敢告訴媽媽，將她交待給阿姨帶著女兒進京奔喪。繼母很傷心，她和爸爸共同生活了十幾年從來沒紅過臉還生下一個妹妹。「文革」中她陪爸爸一起下鄉喂豬種菜。沒有她爸爸很難活下去的，為此我永遠感謝她。

後來媽媽在報紙上看到了爸爸的「訃告」。我非常緊張，後悔自己忽略了報紙。媽媽還好，她只是叨咕說爸爸是好人，再就什麼都不說了。他們在一起生活了十幾年，媽媽把她心中的壓抑和痛苦都發洩到爸爸身上，這對爸爸是不公平的。可是爸爸對媽媽又瞭解多少呢？這對我始終是個謎。

沒想到五年後，弟弟在深圳突然心臟病發作也去世了。這對於日夜想念兒子的媽媽無疑是要命的事，我只好嚴守一切資訊通道，我只能一直瞞到底。我絕不能讓媽媽再受任何刺激。

媽媽沒有意識到她身邊真的只有我一個親人了。我不能讓她感到孤獨，她只要提出任何要求我都儘量去做。在她過完八十歲生日後她說她還是喜歡北京，她希望晚年能在北京多呆些日子。我馬上同意了正好北京我也有個家，說走就走。

記得那天在機場媽媽興奮得手舞足蹈。她雖然老了但眼睛還是那樣美麗，細細的眉毛依然舒展在兩邊。她的皮膚永遠這般潔白細膩，一頭銀髮更增添幾分姿色。雖然難以發現的皺紋優雅地浮現在兩個眼角，卻遮不住她當過演員的氣質。她說話使勁時還是愛用手習慣地往前一劈，有點像首長作報告，令我忍俊不禁。她的腰一點都不彎，只是那條摔傷的腿留下了後遺症，平時不得不拄根拐杖。此時她坐在輪椅上昂著頭挺著胸新奇地看著周圍的人。

北京，這是媽媽生我的地方。媽媽告訴我當年的王府井是什麼樣，告訴我當年我上的幼稚園的地址，告訴我她工作過的電影局……她就是不提八寶山。還要不要帶媽媽去看望E君的骨灰盒呢？我腦子裡閃了一下。精神脆弱的媽媽經不住任何刺激的，我放棄了這個念頭。

媽媽在北京住得很愉快。北京有很多她在延安的老戰友，他們時常通電話聊養病，聊子女。後來媽媽嫌我太忙自己在家沒意思，她用電話竟在北京的香山找到了一個養老院。我說在家裡有阿姨照顧到養老院一個護士照顧一堆人，可她就是要去，說那裡人多不寂寞。

我想想也對，寂寞孤獨是老年人最忌的。於是我們大包小裹的直奔香山，媽媽又手舞足蹈樂不可支。正如她所說，這裡背靠山，面臨河，空氣好水好不說，一人一個房間還自帶廁所，每天有熱水可以洗澡。食堂的飯也不錯還可以點菜。若有小病可在小衛生所拿藥且有人送飯，大病院裡負責送醫院。院子裡還有個圖書室，報紙雜誌應有盡有。老人們閑著除了曬太陽就是打麻將，有一位老人每次看到媽媽都要問她的名字，媽媽說他天天問她也天天答。

我不放心地走了，香山在北京的最西邊我家在最東邊，每週末我去看她一次。媽媽說她最不適應的是每天一大早院裡就催大家起床去爬山，她因為吃安眠藥沒有一次能按時起來。她問我是不是又犯了「吊兒郎當」的老毛病？我笑說沒關係這裡不是延安也不是長影，不用寫檢查。媽媽聽了哈哈大笑。看到媽媽精神狀態一次比一次好我真是要感謝上帝了。

又一次去香山媽媽跟我發牢騷說院裡慶「十・一」組織大合唱竟然把她開除了。我問為什麼？她說這些老頭老太太音調太低把歌都唱成低八度，媽媽按原調唱結果顯得太突出指揮把她「開」了。我聽了哈哈大笑說媽媽你是專業水準是個別的所以只能開你，媽媽一想也對又眉開眼笑了。

又一次去香山竟然出了轟動全院的「大事」，媽媽談戀愛了。院裡有一位老先生八十多歲，原來是個工程師後來當了「右派」。他妻子早早去世他也怕寂寞便要求子女把他送到養老院。他個子挺高，腰板很直，走路邁大步，臉上笑吟吟。一頭銀髮加一副金絲眼鏡，說話聲音不大總是慢條斯裡。他是聽到媽媽的歌聲注意到媽媽的，後來就主動到媽媽房間聽她唱歌，後來每天中午晚上兩人都端著飯一起到媽媽房間吃，後來他們一天都離不開了。

最令我吃驚的是，幾十年一直靠阿姨侍候的媽媽現在居然自己幫老先生洗衣服，她還拄著拐到附近的商店給老先生買了兩件T恤衫。看到他們在一起又說又笑我驚奇得不知說什麼好。敬老院院長高興得對我說這已經是第三對了，她說男女老人走到一起才是最大的幸福。一個星期天我和丈夫女兒到香山請他們二位出來吃飯，吃到高興時老先生又請媽媽唱歌。媽媽放下筷子立即引吭高歌，一曲《夕陽紅》讓老先生如癡如醉。

和老先生在一起媽媽就像走在夏天的草地上一樣愉快，生命的氣息在她耳邊溫柔地吹響，連微風都帶著乾草的氣味輕輕撫摸著她的面頰。回家時丈夫對我說這回好了，老太太有了精神依託就不會累你一個人了。我沒說什麼心裡隱隱有不安的感覺，也只能等著順其自然吧。

果然事情發生了，那天一大早院長打來電話說媽媽昨晚一直在鬧。我二話沒說穿衣坐車直奔香山。原來媽媽和老先生經院長批准住到一個房間，媽媽不知道老先生晚上睡覺打呼嚕，老先生也不知道媽媽有嚴重的神經衰弱，結果幾晚上下來媽媽連續失眠，成天昏頭昏腦最後終於火山爆發。

見到媽媽看得出她臉上明顯地留著憔悴的痕跡，焦慮地透露出要擺脫眼前困境的渴望。媽媽見到我又哭又鬧非要我送她回家。我看出她在極力控制可還是向老先生發了脾氣。老先生不知如何是好跟在我身後一步不離。直到我答應回家媽媽才安靜下來。

一切如初。北京家裡的寧靜讓媽媽有所恢復。那天她說，她要見老先生。乘我不在，她想辦法與老先生聯繫上了。兩個人又像孩子似的高興得不行。老先生催她快回養老院，媽媽答應一定會回去。於是，我和媽媽的談判又開始了。

幾十年來所有跟媽媽的談判基本都是媽媽勝出，這回我只好又同意將她送回養老院。

又是一次從北京最東邊向最西邊折騰。

媽媽和老先生再次相聚。他們多開心呀，老先生又聽到了媽媽的歌聲，所有的老人和院長護士都向兩人送來祝福。那一天陽光明媚二人上街買了不少糖果發給大家，說這就是喜糖了。我也被這「夕陽紅」的燦爛感動著，我在心裡默念，媽媽呀媽媽，你可千萬別犯病，只要你能正常的生活，你就能得到幸福。

可是沒過幾個星期，院長的電話又來了，說這次比上次更嚴重，媽媽的腿摔骨折了。

我又一次從北京最東邊跑向最西邊，直奔香山。

這次是因為媽媽受涼感冒，晚上又沒有睡好，白天昏昏沉沉在樓梯上摔倒的，而且又摔在了那條本來受傷的腿上。更糟的是老先生給她端來了食堂的飯菜，她卻控制不住又向老先生發火。不出所料，媽媽見到我第一句話就是要回家，恍惚的神色和漂浮的眼神籠罩著驚恐不安。

老先生又是跟在我身後忙這忙那，不知所措。

我在想，臨走前我必須跟老先生談一次了。怎麼談呢？

養老院的前廳很大，四周擺了一圈沙發椅，是用來給老人白天上課用的。我和老先生面對面坐著，我看出了他的不安和焦慮。

「是這樣」，我說：「您不知道，我媽媽有很嚴重的神經衰弱症，所以不小心就容易出事。出了事她就很暴燥，怪我事先沒有告訴您」。

「沒關係的，我以後會照顧好她的」。老先生急忙說。

我搖了搖頭。我勸老先生說，她的病已經有幾十年了，如果下次再因為什麼事發作，讓您老受到傷害，這對您是不公平的。不如趁早分開好，留下一個美好的記憶。

我知道我這時的理智是非常無情的。老先生一聽說媽媽要離開眼淚頓時奪眶而出。我好像也給他打開了一個憂傷的閘口，他哽咽地求我能不能不讓媽媽走，他一遍遍地說他會給媽媽送飯送菜，會幫助她洗衣服。他把他的愛，他的喜歡，以及他的傷心和孤獨用他的淚水全部向我傾泄出來。

我還是搖著頭。此時我顯得特別的堅決。我發現在這個世界上我無法將媽媽的故事將給任何人聽。我把我的電話留給了老先生，他拿到電話號好像拿到了新的希望，終於同意了我的勸說。他一直把我們送上車，也一直在流淚。

我知道，他心裡還是認為這是暫時的分離。

我很清楚，我不會把媽媽的麻煩留給眼前這位善良的老人的。在這個世界上媽媽的一切由我一個人承擔已經夠了。

媽媽就這樣一直
靠著我

這一回媽媽在家裡住的時間比較長。中間不斷有老先生的電話過來，媽媽和我一起說服老先生，看著她對著電話的情感和理智，我又一次生起了感動。媽媽好像變得有些成熟。

有一天電視裡播放我編導的關於「西部歌王」王洛濱的紀錄片《在那遙遠的地方》，我讓媽媽跟我一起看。我是唱著王洛濱的歌長大的，這部片子我拍了整整兩年，獲了大獎，應該是我的得意之作。

媽媽看得非常投入，片中王洛濱的歌她幾乎都會唱。看完她說，剛解放時她在北京開一個文藝創作會議，她認識了王洛濱。

「啊」？我驚奇得不行。

媽媽說開會期間她心情不好，晚上沒事在一起閒聊。王洛濱向她講了自己愛情的遭遇，她也把E君的故事講給對方聽。每次一提到E君她就哭，那時她二十多歲，老愛哭。

沒想到兩天后王洛濱送給她一首歌。

「啊」？我又大吃一驚。我問，還記得這支歌嗎？

媽媽輕聲唱起王洛濱為她寫的歌，半個多世紀過去了，她竟一點沒忘。

親愛的朋友，莫要把淚流

生活本來就是這樣，也有幸福也有愁

世上有苦水也有美酒，看你怎樣去尋求

只要你驕傲地仰起頭，苦水也會化為美酒

會讀歌譜的媽媽當時就唱給王洛濱聽。我讓媽媽把歌詞寫給我，這一天是2008年9月6日。

媽媽的身體越來越不好，好像所有的零部件一起開始老化。因為媽媽的醫療關係在長春，我們只好又推著輪椅登上回長春的飛機。每次離開北京媽媽的心情都不好，我安慰她說，只要住完院打完針我們馬上回北京。媽媽相信我的話，因為我從不失言。就這樣長春北京不知往返了多少次。

2005年，抗日戰爭勝利六十周年，中央決定發給所有在世的抗戰老兵一枚鍍金的「英雄紀念章」和一個證書。省文聯來車把媽媽請去，為她佩戴了紀念章，還請省裡最好的攝影師為她照了像。單位把像片放大鑲上相框掛在媽媽房間裡，媽媽左看右看高興極了。

2010那一年，媽媽沒有力氣再去北京了。

媽媽佩戴「抗戰英雄紀念章」

平時我安排阿姨從早到晚處理媽媽的內務，包括她所有的飲食起居。我負責外務，跑醫院，找大夫，開藥，買東西。只要媽媽想要的，我就想盡辦法去找，可是到最後，媽媽衰弱得已經不知道想要什麼，每天就是在苦熬已經談不上什麼生活品質了。

媽媽最重的病是心臟和哮喘，怎麼治都不見效。再加上神經衰弱睡不好吃不下，被折磨得非常痛苦，我急得想不出法子。突然有人告訴我在扶餘縣有個老中醫治哮喘很有名，換吃中藥也許能「柳暗花明」。我毫不猶豫背上包就走。那是東北的十冬臘月，寒風刺得我臉鑽心的疼，手和兩腳幾乎凍僵。我不顧一切拼命趕路，只希望媽媽能多活一天少受點罪。因為我一直忘不掉她那雙眼睛，那雙渴望活下去，渴望再跟我一起唱歌的眼睛。我先是坐火車，然後坐公共汽車，接著坐小麵包車，然後坐三輪車，最後坐上私人的「屁驢子」（摩托車）……再步行好長一段路，才找到那位有名的中醫老先生。我對他說見到你真不容易我把所有車品種都快坐全了。

等我趕回家時已是晚上十點多，沒顧得吃飯就給媽媽熬中藥。我沒熬過藥，笨手笨腳總算把湯藥端給媽媽。誰知媽媽剛喝兩口就往外吐，不小心又把藥打翻在地，於是我重新熬……

媽媽的最後時間基本都是在醫院度過的。這時她只有一個念頭就是想他的兒子——我的弟弟。她天天催我給弟弟打電話說要見他。掐指一算媽媽已有三十多年沒見到弟弟了，更要命的是她始終不清楚為什麼弟弟不來見她這個母親。弟弟已經去世我如果露了風聲是會要媽媽命的。我只好騙她說弟弟在加拿大做生意忙得趕不回來！於是媽媽一遍遍在地圖上找加拿大的位置。時間久了加拿大也不管用了媽媽說他可以飛回來呀。這件事真的是把我難住了。正發愁時弟妹突然來找我辦事，她是長影的副導演一直忙著在拍戲。我靈機一動忽然一個主意冒出來，我對弟妹說今天我是導演你做演員我告訴你咋辦你就咋辦。我讓她明天到醫院就說代表弟弟來看媽媽，說弟弟在加拿大確實回不來。我拿出一張銀行卡給弟妹，讓她交給媽媽就說這是弟弟給媽媽的二萬元錢讓她治病，等有機會他一定儘快回來看媽媽。臨走時我還吩咐別說錯了是加拿大別說成美國。

第二天弟妹買了好大的一籃子鮮花和那麼多的水果點心來病房看媽媽。她完全按照我說的坐在病床邊跟媽媽娓娓道來。媽媽激動得沒完沒了地問這問那，就好像是弟弟坐在身邊。我在一邊提心吊膽生怕弟妹說走了嘴。好在一切都完成得很好媽媽非常滿足，她把那張銀行卡小心地放進貼身口袋裡。媽媽從來沒用過卡但她知道卡就是錢。只有我知道這是一張空卡。

正好第二天要出院，因花籃太大我說不拿了，媽媽大叫著說那是弟弟的花籃一定要帶上。回家後她情緒特別好，還趴在窗上對樓下的鄰居說他的兒子不久要回來看他，還給她錢了她不知有多高興。從那以後媽媽幾乎天天自言自語，說她有兩個孩子，有兩個孩子管她了。

後來我一直慶倖我自己，在媽媽走之前我做了一件非常正確的事。

不久媽媽又住進醫院。省文聯的領導又來看望她。媽媽這回講出了一句她心裡想了好久的話，她要在她死後交給組織一萬元黨費。

文聯領導非常意外。領導說不要想得太多，好好養病。

媽媽說一定要交黨費。

領導走後，我趴在媽媽耳邊說，媽媽你還是黨員嗎？

「會解決的，我打了報告了」。她還是那麼自信。

當又一次從醫院住院回家時，媽媽已經邁不動步，是文聯的領導把她背上樓梯的。媽媽坐在沙發上大口喘著粗氣，然後她說了一句話：沒有我的女兒我活不到今天。

這是媽媽向組織說的最後一句話。

媽媽可能覺得自己堅持不久了，在稍微有點力氣時，自己竟站起來打開櫃子，向我交待她留下的東西——一尺多厚的她的手稿，一厚達黃舊的老影集；一些衣物。還有兩個存摺，幾萬元錢，這是她的全部積蓄。我注意到她沒有把「弟弟」的銀行卡給我，還放在她貼身的口袋裡，她是想把兒子的溫暖一直帶到永遠。

就在那幾天，北京的老先生寫來了一封信。我把信念給媽媽聽，她躺在床上，用歡樂的眼神望著我。老先生說他剛和兒女們出去旅遊回來，他盼望媽媽再回北京相聚。讀完信我認真地對媽媽計畫說，等病好了我們立即飛北京，我們可以把老先生接到家裡來住，我雇人做飯。現在女兒有車了，她可以開著車送你們去香山玩，我們會帶很多好吃的，旅遊一定要安排在秋天，秋天香山的葉子最紅。

媽媽也喃喃地為我的計畫作著補充。可最後還是為自己的身體發出歎息。我知道媽媽很清楚生命中有很多事是無奈的，她已經習慣了這種無奈。到頭來她還是認為自己生命的自由不是最重要的，重要的是服從所有的無奈。

媽媽睡去了，這一睡就再沒有醒過來。我叫急救車把媽媽又送到醫院。

醫生跟我商量媽媽的治療方案，我說只有一個原則，不管用什麼方法只要病人不痛苦就行。醫生說還是要打點滴但腳會腫，生物製品所有消腫的藥但還有必要買嗎？我二話沒說冒著嚴寒跑去好遠捧回兩大瓶藥。我心裡知道其實這些藥已經沒用了，可我還是要買，我的幻覺中這次媽媽還能出院跟我回家。

昏迷中的媽媽對疼痛沒有感覺了。醫生說如果想延長生命可以從口中下管子到胃裡再維持，這等於又要延續媽媽的痛苦，我說，不用了。

半夜十二點多，外面下著大雪，家裡人都睡了，只有文聯的一位領導和阿姨陪著我，一起將媽媽安置在火葬場。我給紐西蘭的二女兒發了個短信，因為那邊是早晨五點。我說，姥姥走了。

那一年媽媽八十四歲。

媽媽走後留給我們一大堆的後悔。

我後悔平時工作太忙本可以拿出更多的時間陪她。她的脆弱使她變得格外懼怕孤獨；

我後悔因為每年過春節我都陪媽媽，只有那一年我把她自己留在北京我去和家人團聚，其實我們還能過幾個春節呢？

我更後悔平時我很少做飯也不太會做飯，退休後我開始忙著做飯了，可媽媽永遠吃不到我做的菜了；丈夫也後悔平時她看我在媽媽那忙他就沒再多關心一些；女兒也後悔總在說姥姥對北京看不夠就想上街，可那時她沒有車。現在有車了可她沒法帶著姥姥去逛街了……

所有的後悔告訴我，活著應該珍惜當下。

一年後，中國文聯為全國延安「魯藝」的老戰士發了一本《榮譽證書》，證書上寫著好大的媽媽的名字。領導說，可惜晚了一點，你媽媽沒看到。

我打開媽媽的影集，裡面多是媽媽在延安的照片，相紙很舊，像片很小，可是媽媽頭戴軍帽腰紮皮帶神采奕奕。

我打開媽媽的手稿，這是她年輕時練習寫作時留下的，從來沒發表過。我發現這裡有老大姐的故事。

還有那件E君送她的絲綢緞棉襖。

一天我去辦媽媽遺留的事來到媽媽的單位省文聯。組織部負責人對我很客氣，他把媽媽的檔案袋打開讓我自己找有關內容。我沒想到厚厚的紙袋裡裝的全是媽媽在各個時期寫的檢查，紙很黃很粗很薄，要十分小心才能輕輕揭開。有好幾份是她的家庭出身的交待，光是在延安談戀愛的檢查就有七、八份；還有在長影的「小資產階級思想」的討論會記錄——媽媽從延安一直檢討到文革以後……哦，所有的檢查在檔案袋裡跟了她一輩子。

我沒說什麼，把檔案合上。

走出大門，雪花輕輕飄在我滾燙的臉上。我真想仰天對媽媽說，媽媽，現在你不用再寫檢查了……

2013年5月18日 初稿

2018年9月11日 再次修改

新媽媽的煩惱

記得我八歲那年，爸爸林杉和媽媽離婚了。我從小就很自卑，不敢大聲說話，怕見生人，怕別人問起我的爸爸媽媽。後來爸爸把我送到上海爺爺家，讓老人照看我和弟弟。第二年有一天爸爸突然從東北來到上海。他牽著我的手，我們默默地走在南京路上。我抬起頭，看到霓虹燈的光射到他瘦削的臉上。我覺得他高度近視的眼鏡後面，好像少了一些憂鬱，多了一點期待。當時《上甘嶺》電影紅遍全國，「一條大河」的歌聲響遍大江南北，老師和同學都知道這部電影和我的爸爸有關，他們向我投來注意的目光。我深深舒了口氣，說話的膽子有些大了，也敢在作文裡寫下我最想說的話。現在回憶起來，我好像兩、三次在作文裡寫過「我的爸爸」。我崇拜爸爸，他在我心裡非常高大。我們就這樣手牽手地並排走著，身後跟著一長一短兩個身影。爸爸平時很忙，我很少能聽到他講點什麼，他越不說話我越愛他。父母的長年爭吵使我變得極為敏感、自卑、膽怯。夜幕下我覺得爸爸好像要對我說什麼可又一直沒說，我等待他說話，但他一直有些猶豫。

在一道街口的拐彎處，爸爸停下來俯身看著我。他輕輕說，今天晚上你會見到一位媽媽，是一位新的媽媽。你見了她願意叫她一聲「媽媽」嗎？

我不知道為什麼會有一個新媽媽，也不知道這個媽媽和我有什麼關係。可是父親從來都沒求過我什麼，現在不管他說什麼我都會聽話的。我很快點點頭，跟著他走進一個狹窄的巷子，爬上一個半明不暗的樓梯，再往左拐，走進一間不十分寬敞的房間。

年輕的新媽媽曹汝儀

新媽媽迎了出來，她和親媽媽個子差不多高，皮膚白皙，梳著大多上海女人愛燙的髮型。因為緊張我沒敢多看她的眼睛。

我第一感覺是她像位老師。

她的確是一位老師。是上海向明中學高中三年級的語文老師。

她微笑著，探詢地看著我，我有些放鬆了。我看到她的眼睛。她的眼睛很美，目光柔和，喜歡愉快地看著你。

就在這一剎時，我察覺到爸爸的暗示。

我張了張嘴，終於生硬地叫了一聲：「媽媽」。

新媽媽聽到我一聲叫，開心地笑起來。她的笑聲很好聽，透著發自內心的歡快和文雅的節制。她笑得身子有點往後傾，然後向前俯視我，拉著我的手到一個方桌子前，桌上放著一盤剛洗過的蘋果。

我回頭看看爸爸。他好像剛松了口氣，用平靜的目光注視我。我認為他在感謝我，我為我自己又一次為了取悅別人作出選擇，我有些得意。從此我知道了我生活中多了一個繼母。

那天晚上我被安排睡在父親和繼母的中間。我很不習慣，既不敢出大氣也不敢翻身。我長這麼大幾乎沒跟爸爸睡過，更何況身邊多了一位剛認識不久的新媽媽。朦朧中我努力尋找著她和媽媽的區別。親媽媽活潑開朗，愛唱愛跳，有一副大嗓門，說話直來直去，典型的從戰爭中走出來的女八路作風。新媽媽氣質文雅，性格溫柔，走路辦事輕手輕腳，用大人的話說是「生怕踩死一個螞蟻」。她說話輕聲且慢條斯理，這真是八路軍出身的媽媽沒法比的。以後長大我明白了，這才是和平年代父親最喜歡的那種女性。

兩位媽媽也有共同點：她們歲數差不多大，個子差不多高，都長得很漂亮，只是親媽媽性格有聲有色，繼母更儒雅秀氣。

於是我知道了，1959年，四十五歲的父親林杉，有了一位最貼心的朋友。這位朋友伴他度過了後半生最艱難的後三十三年！

半個多世紀過去後，父親和親生母親先後都去世了。2012年的一個夏天，我去北京看望已經八十六歲的繼母。因我長年在外地，每次去彼此還是感到有些陌生。我們客氣地寒暄著，相互打聽對方的情況。我看到她除了做飯買菜全部時間都用來一點一點

新媽媽與父親
結婚照

整理爸爸的生前遺物，包括所有的作品，報刊雜誌的剪裁，爸爸生前有意義的用品，以及幾乎所有的來往信件。然後她一篇一篇分類登記造冊，一個字一個字寫出長長的目錄。

令我吃驚的是，她竟給父親生前的戰友和同事發去一封封信，請他們寫一點對父親的回憶。只要是還健在的老同志的通信方式都被她一點點打聽到了。那些老同志竟真的寫來一封封回信，留下了對父親懷念的點點滴滴。然後她又一封封登記造冊，把所有的資料分類放在一個大玻璃櫃裡。

她在等什麼？她說她有生之年只有一件事要做，就是要為父親出一本傳記。她說這件事她一定要做好，這是她頭等的最重要的一件心事。可是現在眼看自己越來越老了，她生怕有生之年完不成自己的心願。這是她晚年唯一的牽掛。

我強烈地感受到她和父親的深深的感情。從我小時候第一次看到她，這種感受就一直伴隨我。

閒聊中，我問她，您當年是怎樣和父親認識的呢？

問這句話時，她一點沒感到意外。我們同時感覺到了自己作為過來人的成熟。我們好像兩個老朋友，又好像一個記者和一個被採訪者。當然，我沒有太多做女兒的感覺，但我面對的，是一位我很敬重的長輩，一位可親的繼母。

這時繼母坐在靠窗的一把沙發椅上，身側後的光勾勒出她依然優雅秀氣的面部輪廓。她的皮膚還是那樣白皙，只是多了些皺紋和一些灰白頭髮。她慢慢地向我講述幾十年前的事情，她表述還是那樣清晰，那樣有條理：

「是你的小姑姑和我同在上海向明中學工作。那時我已經離婚了，帶著兩個兒子。小姑姑常到我這邊說話，我們還一起出去吃飯。不久，有一天她對我說，她的大哥離婚了，問我能不能和她大哥認識一下？

「於是那天我們一起去看電影。你爸爸由你二叔陪著坐在後一排，你小姑姑和我坐在前一排。從電影院出來後你爸爸對我說了一句話：『我除了有兩個孩子和一堆書，其它一無所有』。這句話給我印象非常深刻。

「以後你爸爸給我看了他當時寫下的日記：想念她——美而聰慧，柔而堅韌，靜而敏捷，真而賢達。」

好像世上再沒有比這更美的評價了。同是女人，我都有點嫉妒。

現在新媽媽坐在我對面。她八十六歲了，可說到她當年和父親的相愛，仍然還有些羞澀。她不願多說，可能覺得她那一代人的感情沒必要說得太多，因為這種感情只屬於他們自己。

當新媽媽走進爸爸的生活後她可能才知道，爸爸除了看書寫作幾乎什麼都不會。用家裡阿姨的話說：「油瓶子倒了都不知道扶起來」。於是照顧爸爸生活成了新媽媽生命中最重要的一部分。她把自己的兩個兒子留在上海請父母幫助照顧，隻身一人來到東北照顧爸爸和他的兩個孩子——我和弟弟。她用「柔而堅韌」的性格迎接生命中第一場暴風雪，頂著零下三十度的嚴寒進入長春電影製片廠做編輯工作。她學會了吃粗糧，第一次看到漫天飄飛的大雪，領略著嚴冬手腳被凍得生疼的感覺。她學會了做棉襖棉褲，在糧食短缺的日子費盡心機為爸爸調劑一日三餐。

每天清晨起來，她一定要先泡上一杯熱熱的清茶送到爸爸書桌上：「老林，喝茶」。她燒得一手好菜，直到現在我還在向她請教做菜的學問。父親的牙不好，她的菜譜裡總是有炒青菜。她炒的青菜又綠又嫩，爸爸很愛吃。以後我也愛炒青菜，可是火候總是把握不好。每次做一鍋白米飯，她總是細心地親自把中間最熟最爛的部分最先盛給爸爸。爸爸外出開會，她就細心地在袖口縫上「林杉」的名字，省得他把別人的衣服穿回來。每天幾點到幾點該喝水吃藥，幾點到幾點該燙腳睡覺，她都關照得無微不至。

新媽媽和爸爸走到一起後又生下了一個小妹。那時爸爸的收入雖然不低，可他大部分都拿去買書了。家裡要承擔起前前後後五個孩子的生活費用。新媽媽並沒有多少與孩子尤其是與不是自己親生的孩子相處的經驗，於是和孩子間無可避免地出現磕碰。可能天下的繼母都會面對還沒長大的，不太懂事的，不成熟的前夫的孩子，都要逼著你去解決意想不到的難題。於是，這成了她與父親結婚後最先遇到的煩惱。

好在我們五個孩子很快都長大了，我們回報她更多的感謝、理解和信任。漾溢在家庭中寬容和諒解的溫馨氣氛使二老得到許多安慰。

1966年，「文化大革命」爆發，父親一夜間竟然成了個「大叛徒」。

這一事實，著實把新媽媽驚呆了。

她曾對我說，她反反復複想父親那些作品：《上甘嶺》、《黨的女兒》、《劉胡蘭》、《呂梁英雄》……哪一部也不像是叛徒寫的呀？！她又仔仔細細回想爸爸給她講過的歷史：在革命隊伍中一路走來，最後從晉西走到北京，哪一步有叛徒的影子呀？可是那個年代，誰又能對這場革命提出懷疑呢？是相信丈夫還是相信這場革命？這信與不信，成了她生命中最大的煩惱。

她再次面臨人生的選擇。這次選擇與她兩次選擇丈夫可完全不同。這次是革命與反革命的選擇，是繼續和叛徒生活下去還是和他一刀兩斷的選擇。她說她猶豫過，最大的顧慮是她值不值得為爸爸繼續付出。不錯，她為了爸爸離開了上海，告別了她熟悉的工作，替爸爸照管兩個不是自己生的孩子，還要像照顧孩子一樣照顧父親⋯⋯她付出的一切都因為她愛爸爸，沒想到到頭來愛上了一個「叛徒」。

煩惱變成了痛苦，痛苦促成了決心。那天爸爸從關押的「牛棚」回來，依然疲倦地坐到椅子上。她和每日一樣，輕輕走過來遞上一杯熱水，然後找了個地方也坐下來。她好像鼓足了一生的勇氣，終於開口，非常非常嚴肅地問爸爸：「你老老實實告訴我，你倒底是不是叛徒？你有沒有出賣過同志？我也老老實實地告訴你，如果你真的出賣同志了，我不想跟你了。但是如果像你說的，你沒有出賣同志，那我再苦再難也絕不拋棄你，堅決和你在一起」。

這段情節我已經聽過好幾次了，每次聽了心裡都很痛。我為爸爸心痛。我能想到那時他的心情。正在挨批挨鬥的爸爸回到家還要一次次接受家人的「審問」。因為這樣的問題我已經問過了。「文革」的殘酷迫害使羸弱的爸爸心力交瘁，如果再離開了妻子他將怎麼活？此時他堅定地對新媽媽說，他從來沒有出賣過同志。那次是組織上在革命非常時期為了保存革命力量決定讓他們履行手續出獄繼續工作，不由個人負責。這段歷史早在進延安前就向組織彙報了。「文革」中又和「六十一個叛徒集團」攪在了一起，重新折騰出來。

最終，新媽媽相信了爸爸的話竟沒有相信那場革命。她是冒著當「反革命家屬」的危險再次選擇了爸爸。以後她多次對我說，如果她當時離開爸爸，她下半輩子都不會得到安寧。

更苦難的日子還在後面。爸爸被抓出去批鬥經常幾天沒有消息。家裡三次被抄，造反派就差沒把地板橇開了，結果連一雙高跟鞋都沒找出來。所有「奢侈品」加在一起不到三百元。新媽媽反復對爸爸說：「不管有多苦，我始終陪著你，千萬不能把我和孩子們扔下，一定要活下來。」

有一天晚上新媽媽和小妹在家裡發生煤氣中毒，造反派允許爸爸回家看看。爸爸在路上想，如果新媽媽和小妹不在了，他覺得自己沒有活下去的願望了，他決不想活了。結果那天沒有發生死亡事故，死神與爸爸擦肩而過。

不久爸爸戴著「叛徒、反動學術權威和走資本主義道路當權派」三頂大帽子被遣送到東北一個貧窮的村子裡勞動改造。那是一個靠種旱田生存的村子，睡的是炕，燒的是苞米秸，搖軲轆把挑井水喝，灶上的大鐵鍋把飯菜一鍋燴，於是新媽媽又開始學所有的農家活兒。爸爸被剝奪了一切權力，包括沒收了他的工資和戶口。於是我們五個孩子加上爸爸全靠新媽媽一人的工資生活。那年冬天我去看望他們，坐了火車轉汽車，汽車下來坐馬車，一路上寒風顛簸，把我的心都凍透了，我不知道瘦弱的爸爸和大家閨秀出身的新媽媽在那樣的環境裡怎樣生活。

到家後我真的是深感意外。爸爸學會了從井裡搖水挑水，他竟然能挑起兩個大半桶水，這為家裡解決了大問題。新媽媽更有本事，她不但會在灶上做飯燉菜，還學會燒炕、摟柴。她還在院子裡養了雞、鴨，就差一頭豬了。房子後面是一片樹林，白天她們把成群的雞放到林子裡，晚上再「喔喔」地呼喚它們回來。有一天她非常喜歡的一隻小鴨子失蹤了，她心疼地在房前房後「呷呷」地尋找，最後判斷是被黃鼠狼吃掉了，讓她難受了好幾天。他們還在院子裡開了塊菜地，翻土撒籽，澆水上肥，真正過起了「采菊東籬下，幽然見南山」的世外桃源的生活。

作為「叛徒」，爸爸是不能和村民們一起幹活的，於是他不是去喂豬，就是一個人拿著個糞叉子去撿糞。新媽媽頂著烈日，忍受蚊蟲叮咬，陪爸爸奔跑在無邊的大草甸子裡。累了一天回到家裡，爸爸躺在大炕上再也不想動了，新媽媽卻還要燒水做飯……眼看新媽媽美麗的眼角熬出了細紋，別說周圍下鄉的「五・七」幹部，就連爸爸都不忍心看她這麼苦，勸她帶著孩子離開他。新媽媽總是那句話：「你不是叛徒，我不離開你」。

這是我為什麼終生感激新媽媽的原因。沒有她，很難說爸爸將怎樣度過他的餘生。沒有爸爸，我和弟弟將失去生命中最重要的一位親人，一位師長，一位精神榜樣。新媽媽讓我相信正義，相信人性的善良，相信深沉高貴的愛情。

1976年秋，毛澤東去世了，「四人幫」被抓了，中國的上空雲開霧散，家裡充滿了希望的陽光。新媽媽作為最後一批下鄉幹部被抽調回電影廠，爸爸也作為「隨軍家屬」一同回到長春。可長影一時沒有房子，他們被安頓在一所學校的一間教室裡。

全家人都認為這回爸爸的問題總該有個著落了。於是我鄭重通知家裡，我要申請入黨啦。我很認真，因為我覺得自己終於將面對一個很燦爛的前景。

有一天我突然接到新媽媽的電話，她讓我到家裡去一趟。還沒等我走進大門，她已在學校的操場等我了。

她很嚴肅，靜靜地看著我。我感覺到有什麼事要發生。她說，爸爸的問題可能有了初步結論，仍然定為「叛徒」。最近有人找他參與寫劇本也被省裡勒令停止，原定的出差計畫也被取消……

我頓時傻眼了。等了整整十年沒想到還是等來了這樣的結果。我恐懼地意識到自己從此完了，再沒有前途了。「老子英雄兒好漢，老子反動兒混蛋」，這響亮的口號並沒有過時。巨大的失望和渺茫令我不知所措，十幾年被歧視被欺侮挨餓受凍的壓抑情緒如高山瀑布般化作淚水噴湧而出。我哇哇哭出了聲，把心裡的委曲、哀傷，還有說也說不完的複雜的情感，通通伴著哭聲傾訴給上天！

我心痛我自己，更心痛爸爸。我能想像出他將怎樣再次承受這一切。

新媽媽小心地勸慰我，我什麼都沒聽見。不管我聽不聽她還是不停地說，朦朧中我只記住她反來複去一句話：從我對你爸爸的瞭解，根據我自己的觀察，我到現在還是不相信你爸爸是叛徒。

這句話我聽了無數遍了，有什麼用呢？它既不能解脫爸爸，也不能給我前途。我失望地看著她——那張悲傷、無奈又很堅強的面容——那張被風吹日曬依然「美而聰慧」的面容。我立即意識到，更應該哭的，應該是她。可她沒有哭。她卻笑著對我說，一會兒到你爸爸面前，能堅強一些嗎？

我明白了。新媽媽先找我談，是讓我不要在爸爸面前流露出軟弱。我擦去眼淚，點點頭。幾十年前爸爸第一次讓我叫她「媽媽」時，我也這樣點頭。生活中有很多行為方式是不能都按人的意願去做的，忍受是一種大氣，一種灑脫，一種態度。

我和新媽媽一同走進那間教室改成的家，見爸爸半躺在床上。他很憔悴，不安地看著我走近他。他張了張嘴，卻什麼話都沒說出來。

我抬頭看新媽媽，她此刻緊張得無法形容。在她心裡，假如我在爸爸面前像剛才那樣放聲大哭，假如我做出任何一點不高興的舉動，都會讓她覺得會要了爸爸的命。我突然想到她做這一切都是為了爸爸，她要在最關鍵時刻想盡一切辦法減輕爸爸的精神負擔。

我似乎漫不經心地對爸爸說：「老爸您別有思想壓力，管他給什麼結論呢，只要給飯吃比什麼都重要。幸好我沒交什麼『入黨申請書』，您看，您那麼愛這個黨，可總被懷疑您是叛徒，您說怎麼辦呀，就得等呀，慢慢解釋呀，最後正式的結論不是還沒下來嘛。」然後我悄悄對爸爸說：「反右您等了十年，文革您等了十年，再耐心等等，相信不會再讓您等十年了，我用腦袋擔保。」說這話時我一點底氣都沒有，可還是把爸爸和新媽媽都說樂了。

我揭開了爸爸心中的矛盾，更重要的是我把這個難解的矛

1984年老兩口
在黃山

盾拎出來作為笑談。看到他笑了，新媽媽感激地望著我，眼裡充滿了愛的柔和。一轉身她出去了，說要給我做我最愛吃的紅燒魚……

新媽媽原來在上海向明中學已經是預備黨員了，本來可以轉正卻不知為什麼被扣上一個「有了老頭不要黨」的理由，被延長了預備期。後來又因為爸爸在反右問題上得罪了上級領導，連預備期也被取消。積極要求入黨的新媽媽到底沒入上這個黨。為此新媽媽幾乎麻木了，剩下的只是不哭也不笑。現在新媽媽顧不上自己的煩惱又來做我的工作，她為了爸爸，為了這個家，有什麼就往肚裡咽什麼了。

寫到這裡我不禁有些感慨。你看，爸爸早在1931年入黨，「文革」中被開除黨籍；共產黨培養了他又自己把他打倒；我的親媽媽在延安時期就入了黨，後來被「勸其退黨」，直到去世前還在要求恢復黨籍；後來新媽媽一心想入黨，最終也沒被批准；而我呢，年輕時那麼想入黨，可有了這麼多說不清理還亂的原因，最終也只好放棄了……

1979年，中央組織部在胡耀邦同志領導下，徹底為「六十一個叛徒集團」平反。隨之爸爸的「叛徒」帽子也跟著摘去，終於從痛苦的巨石下解脫出來。

新媽媽的臉上開始有了擺脫煩惱的笑容。她跟著爸爸到了北京，再次開始新的生活。

在長影時，新媽媽的職稱是「編輯」。就在她要退休那年正趕上評職稱，而爸爸又正好主管職稱評定工作。因搞運動多年沒評積累的人數很多而名額又有限，很多人因評不上職稱又哭又鬧。爸爸回家就勸新媽媽把名額讓給別人。於是新媽媽就老老實實從編輯崗位退了下來，不算工齡白乾了三年。得，黨籍沒了，職稱沒了，工齡也少了。

我到現在都不明白這對老人是怎麼想的。結果到頭來新媽媽只拿到少得可憐的退休金。這恐怕是她遇到的又一個人生煩惱。難怪以後新媽媽常跟父親開玩笑說，這輩子，好事沒借到你的光，倒楣事卻一件接一件。

記得那一年爸爸給我來信說：「十餘年來，她（繼母）的性格與心情都有變化，主要是為我的事。回想這十餘年，我固然日子難過，她比我還要難過。原因是我比她受鍛煉多些。所受『四人幫』迫害的這種苦味，年輕人可能還不理解。」

1992年2月5日上午，爸爸突然感到不適，一頭倒在身邊的床上就再也沒有醒來。救護車拉著爸爸的身體向醫院飛馳，新媽媽守在他的身邊，她一隻手扶著爸爸的身體，另一隻手握著爸爸的手，始終沒有分開。她一動不動，如一座雕像，留下了她和爸爸相互攙扶的最後定格。

爸爸生前送走了他一個又一個朋友，沙蒙、海默、唐漠、呂班……他卻把他最後的朋友——新媽媽留給了人世間。他真切地希望這個伴了他三分之一世紀的美麗的朋友能好好活著，活得快樂……新媽媽留了下來。她一直用自己的方式懷念她最親密的朋友林杉。

如今，爸爸去世二十多年了，留給新媽媽的孤獨、痛苦和寂寞只有她自己知道。她繼續堅持搜集整理有關爸爸的作品和資料，從寧波、上海到晉西、晉北，從太行山到呂梁山，從北京到長春，她一篇一篇找尋，哪怕在蘇區報紙上一小塊關於爸爸的新聞或通訊都不放過。2011年，她終於有機會協助浙江寧波郭學勤先生完成了厚厚的一本《林杉傳記》。從此，新媽媽的心願了了，她再沒有煩惱了。

那天我接到新媽媽的電話，她說父親留下那麼多書，讓我去挑選。我回信說，為什麼要動這些書呢？讓它們原封不動地放在那裡，就好像爸爸還在書架邊踱步。

爸爸的書架上有一張八吋的照片，他坐在籐椅上微笑著看著你，好像在對你說話。從爸爸去世那天起，新媽媽跟以往一樣每天清晨照常認真地沖一杯清茶放到相片面前：「老林，喝茶。」

她一直這樣做，一直這樣說……

坐在籐椅上的父親在微笑
2016年7月15日

記者
創作點滴

第三章

在那遙遠的地方

1987年，我們攝製組一行五人前往新疆為企業拍一部關於汽車試驗的紀錄片。一天在烏魯木齊休息時，電視臺的資深老記者，專題部主任兼領隊王樂群說要去看望他二十年未見過的二爺。他說二爺就是他爺爺的親弟弟，爺爺哥兄弟一共六個。他幾歲的時候二爺就離家走了，對這位二爺幾乎一無所知。

如果僅僅如此，我們誰也不會在意這位「二爺」，他去就是了。可是他出門時扔下一句話引起了大家注意：知道「在那遙遠的地方」那只歌嗎？二爺寫的。

記得當時我手裡正端著一碗熱湯，一下子楞在地當央。幾個年輕人一起扭過頭看著王主任——這只歌我們都會唱。

在那遙遠的地方，
有位好姑娘，
人們走過了她的帳房
都要回頭留戀地張望……

記不得這只歌是在托兒所還是在小學就會唱的。我們聽著這支歌唱著這支歌長大，後來經過了「文革」，還有上山下鄉，都沒有忘記。當然我們從沒想這支歌是從哪來的，是誰寫的，只知道這支歌的旋律在人的心田裡久久流淌……

我把湯往桌上一放，所有的人都跟著王主任向當時的新疆軍區文工團的大門走去。是好奇？是歌的魅力？我一時說不清。

噢，二爺。

眼前的情景很快讓我們呆了。二爺住在既陰暗又不大的一個套間，天棚低，陽光淡，外屋沒有什麼傢俱，只是那架很舊的黑色鋼琴有點搶眼。裡屋一眼就看到一條巨大的毛毯掛在正牆，毛毯上一隻灰黃色大狗朝我們吐著舌頭。這是新疆人的習慣，他們喜歡把毯子掛在牆上。掛毯下面除了一個歪扭的單人床，我甚至連一張桌子都沒找見。

我心裡有些不情願，那麼優美的歌怎麼會出自這樣的小屋？莫非他是莫札特？臨死前窮困潦倒？或許是貝多芬？在雪夜裡孤獨死去？一連串的問號讓我一時亂了思緒。

幸虧王主任急中生智拿出了他帶來的兩瓶酒，真謝謝這東北的好酒打破了所有的尷尬。這位二爺就是愛喝酒，此時他喜笑顏開神采奕奕地招呼我們快坐，可我們基本上誰也沒有找到把椅子。二爺瘦長的臉剛毅矍鑠，眼角的皺紋和嘴邊的山羊鬍子讓我認定即使這小屋再簡陋也掩蓋不住他渾身顯示出的一瀉千里的浪漫風采。他七十六歲了，著一身灰色帆布工作服，一開口就說我們是第一批來看望他的朋友，他把王主任也認作朋友，他們爺孫必竟很生疏了。

儘管我們大大小小都是記者，可此時誰都不知道該說些什麼。還是我來得快，轉身打開鋼琴蓋。我說王老，您給我們彈一支曲子吧。

老人欣然同意，坐到了鋼琴邊。他彈了一支我們不熟悉的曲子，我發現他的十指僵硬地挺著，緩慢地按著琴鍵。我奇怪地問，王老您的手指怎麼不彎曲呀？

琴聲停了，老人笑著對我說，這是在監獄裡搬石塊累的，骨節都搬傷了。

看到他在笑，我問他為什麼坐監獄呀？

「國民黨說我是共產黨，關了我三年。共產黨說我是國民黨，關了我十五年」。說完，他呵呵地大笑起來。他說他剛從監獄出來不久，能見到不認識的朋友很是高興。

老人像一口老井，水很清，卻很深。

從二爺家門口出來，我用右手敲著左手心說，他肯定有很多很多的故事，他的歌那麼美，可他的命這麼苦，這裡肯定有故事。

所有的人都不說話。

1987年第一次
見到王洛賓

在採訪王洛濱
的路上

從此，我們記下了老人的名字——王洛賓。

1992年7月，王樂群主任終於下決心成立攝製組，前往新疆採訪已經八十歲的王洛賓。作為此片的編導兼撰稿，我心急如火，恨不能一下子就飛到那遙遠、遙遠的地方……

關於王洛賓的傳說真是太多了，老人就像這神密的大西北一樣，緊緊抓著我們的心。只有當我們瞭解了王洛賓說也說不完的故事以後，我們才發覺自己陷入了既興奮又茫然的漩渦之中。王洛賓的七百多部作品充滿了豐富的民族特色，本該加以介紹；他曲折、悲愴的一生本該娓娓道來；他為發展民族文化拼搏一生令人感歎不已，他的每一支歌的後面幾乎都是一個故事……可一部不到一小時的紀錄片怎麼裝得下這麼多？該從哪下手呢？為此我們困惑了很長時間。

第二次見到王洛賓，他真是「鳥槍換炮」了。因為得到平反，房子變成一個大廳，三間臥室，鋼琴依然佔據最主要的位置。我很快注意到，在大廳一角的牆上高懸著一幅照片，透過蒙在上面的黑紗，我隱約看出那是一張女人的頭像。

一塊黑紗，蒙著主人整整六十年的苦辣酸甜。我想我們的故事，就從這蒙著黑紗的女人開始。

1913年12月28日，王洛賓出生在老北京的一條小胡同裡。1934年他從北京師範大學音樂系畢業。當時的音樂和美術老師都來自法國和日本，他一直接受西洋音樂的教育。聽著舒曼的《夢幻》，李斯特的《狂想曲》，他夢想著畢業後去法國進行西洋音樂的深造。可是抗日戰爭爆發擊碎了他的夢，他同蕭軍、蕭紅、塞克在山西前線參加了丁玲戰地服務團，然後一同奔赴新疆，希望尋找一塊文化的土地。

王洛賓給我們拿出一張黑白照片。那是當年在六盤山一輛老卡車旁拍下的，年輕的王洛賓同蕭軍、塞克靠車站著，旁邊還有位長睫毛大眼睛的女子。王洛賓說她是北師大美術專業的一位多才多藝的學生羅姍。一次回老家，她給王洛賓寫了一首情歌《我望著雲朵》。1937年，浸泡在幸福中的一對年輕人結婚了，這是王洛賓獲得的第一次愛情。

1938年4月28日去蘭州路上。前排右起第一人是王洛賓；站在他身後的是塞克；車上坐者蕭軍。

他們從西安往六盤山走，遇到六盤山上連下三天大雨，無法過山，於是在一個車馬店裡住下。一個車老闆和他們聊天，說這個車馬店的女老闆是周圍幾百里唱「花兒」最出名的一個歌手，「花兒」是大西北最有名的一個民歌曲調。店老闆還有個外號叫「五朵梅」——好美的名字。於是塞克幾人就派王洛賓出面去請「五朵梅」唱歌。六十多歲的女老闆慷慨答應，一曲黃土高坡的「花兒」繞著六盤山的峰尖響起來了……

走嘿走嘿（著）越遠了
眼淚的花兒漂滿了
哎嗨哎（的）呦
眼淚的花兒把心淹哈了
走嘿走嘿（著）越遠了
褡褳裡鍋盔輕哈了
心裡的惆悵重哈了

王洛賓說，他們四個人第一次聽到這麼美的歌，晚上睡不著覺就聊了起來。塞克說，「五朵梅」老奶奶唱的「花兒」是最美最美的一首詩，王洛賓你為什麼要到法國去呢？依我看最美的旋律就在我們中國的黃土地上。蕭軍羅姍都說塞克說得對，王洛賓心裡翻起千層波浪。

一曲「花兒」的確打動了年輕的王洛賓。他從那婉轉、蒼涼的曲調中，體會到當年「五朵梅」是怎樣懷念著走西口的情人。歌聲中，他彷彿看到茫茫天宇之下一個孤獨的身影肩壓人生重負，心懷重重惆悵涉著黃沙遠去。他記下了「花兒」的曲調。王洛賓說，六盤山上的這支歌是他一生在音樂道路上的轉捩點，一種熱烈的衝動使他一頭紮進大西北豐富多彩的民歌世界，從此一去，再沒回頭。

他首先走到哈薩克人中間。

經過長期接觸，他瞭解到哈薩克族的興衰和苦難，他看到歌和馬是哈薩克人的翅膀，憑著馬他們可以千里馳騁，憑著歌他們可以向大自然抒情。每當草原上刮起風暴，他們便高聲唱歌，也許是在壯膽，或者是對明天的呼喚。在王洛賓的本子裡，僅記錄的哈薩克民歌就有上百首。

他又走進一望無際的草原。

他開始結交醇厚的牧羊人，諦聽自然的風，感受牛羊的喘息。他徜徉在民歌音樂的寶藏之中，如饑似渴地收集、挖掘，牧人、商人、老頭、小巴郎、少女、流浪漢，都是他的朋友，也都是他的老師。從民族風味濃郁的哈什巴幹到鮮花盛開的伊黎河穀，從風光迷人的草原到一望無邊的戈壁灘，他記下了無數原始

王洛賓在
戈壁灘

民歌的曲調，感悟著新疆獨特的民族風韻。這一切都化作他心中的音符，於是數以百計的少數民族民歌在天山南北唱開了。

王洛賓撲進大西北的懷抱，一醉不返……

從歷史的角度看，絲綢之路是用商隊駱駝的腳走出來的，可王洛賓認為是用最美最動聽的民歌鋪出來的。他說越是貧窮、困苦的民族，民歌越豐富。比如因為大部分草原都由大民族統治，像克爾克孜這樣的小民族只好跑到一個高山上去定居。半個世紀的采風使王洛賓感到，最風趣最幽默的民族，就是這個克爾克孜，正因為山頂上地理條件差，生活環境最苦，他的歌反而更輕鬆快樂。

王洛賓從民間唱出的活潑、跳動的音符中，捕捉到一組輕快、幽默的旋律。於是，大西北第一首用漢語譯配的維吾爾族民歌在王洛賓筆下誕生了——這就是那首海內外久唱不衰的《達阪城的姑娘》。

達阪城的石頭圓又硬
西瓜大又甜
達阪城的姑娘辮子長
兩個眼睛真漂亮
你要是嫁人不要嫁給別人
一定要嫁給我
帶著你的妹妹
帶著你的嫁妝
趕著馬車來……

小夥子愛唱，姑娘們愛唱，高興了想唱，悲傷時更想唱，連王洛賓自己都沒想到那些來自民間的曲調一旦插上翅膀，就能飛向全國飛向世界。直到今天，許多去新疆的中外朋友途經達阪城時，都要停下來看一看「達阪城的姑娘」……

1941年，中國著名導演鄭君裡先生到青海又放電影又拍電影，王洛賓隨攝製組住在三角城一個千戶長家裡。千戶長有三個女兒，三女兒卓瑪長得非常漂亮。導演選上她當演員讓王洛賓給他當助手。那天王洛賓騎馬跟在卓瑪後面，無意中用鞭子抽了馬屁股一下，那馬一跳一驚，卓瑪回頭現出又高興又生氣的樣子。不一會兒她走到馬後面，乘人不備狠狠抽了王洛賓一鞭子，直抽得王洛賓臉紅耳赤。更讓王洛賓難忘的是有兩個晚上他和卓瑪騎在一匹馬上一同看了兩個電影。到了第四天早晨，攝製組要離開三角城了，卓瑪和她父親騎馬一直送到一個高崗上。王洛賓走出好遠，還看到卓瑪的身影……

在回青海的路上，王洛賓寫下了《在那遙遠的地方》。

在那遙遠的地方

有位好姑娘

……

她那粉紅的小臉

好像紅太陽

……

我願做一支小羊

跟在她身旁

我願她拿著細細的皮鞭

不斷輕輕打在我身上……

從那以後，王洛賓再沒見到卓瑪。可是這首唱給卓瑪的歌，卻超越不同民族不同國界傳遍四方。多少年過去了，人們喜愛這首歌，卻很少有人知道寫歌的人。只有草原的風伴著風餐露宿的王洛賓靜靜守候在大草原。太陽落了又升，升了又落，王洛賓的歌卻從沒停過。微風中他能聽到卓瑪的笑聲，晚霞裡他還能看到卓瑪騎馬飛馳的身影。

就在同一年，王洛賓返回蘭州，國民黨以「同情共產黨」罪名把他抓入監獄，一關就是三年。在獄中，妻子登報聲明與他離婚。這個曾給予他無數次音樂暇想和情感衝動的愛人走開了，扔下了孤單單的一個王洛賓。他什麼都沒有了，只剩下仍在燃燒的音樂激情。

1944年，剛剛出獄的王洛賓在青海靠教書謀生。他孤獨一人消沉落魄。靠朋友幫助，他和一位老中醫的女兒黃靜結婚了。王

1991年
王洛賓在采風

洛賓非常愛這位美麗嬌小的妻子，可坎坷的生活經歷使他變得狂躁不定。他時常暴跳如雷動不動發脾氣，妻子默默不語；1949年他隨解放軍開赴新疆，外出收集民歌多日不回，孤身一人的妻子仍然默默不語。到了1961年，極「左」路線用手銬把王洛賓打入監獄，年輕的妻子因積郁成疾患肺癆而死。臨死的時候妻子只是流淚，還是默默不語……他們結婚六年，在一起的時間還不到三年，他留給妻子的是貧困和孤獨，妻子留給他三個兒子和泡著淚水的賢慧與寬容。

直到1992年，王洛賓去澳大利亞探親，他的大兒子第一次告訴他，媽媽死的那天，是臘月初一，這一天正是王洛賓的生日。

從此以後，王洛賓無論走到哪，都把妻子的遺像懸掛在牆上，用一塊黑色紗巾蒙在上面。他愧於面對她，又不能忘卻她。隱約中藏著深情，朦朧中含著思念。

從那年起，三十七歲的王洛賓再沒有結婚。1960年，他因為在青海馬步芳統治時期做過教書寫歌的「文官」，被定為「歷史反革命」。他再次入獄，這一消失，就是整整十五年。

悲痛欲絕的王洛賓甚至不會哭了，他也想到了死。透過土牆，他頹然望著天上自由飄飛的雲朵，只盼著自己能化作青煙一縷。

有一次，他突然聽到大牆下面有人唱歌，歌聲好象在喚他蘇醒。他意識到生命能夠停止音樂卻不能停止。他很快拋掉死的念頭竟在獄中開始收集民歌。他用自己省下的窩窩頭換取別人為他唱一支歌，十五年的監獄生活他竟整理出滿滿三大本歌譜。

同監有一位維吾爾族青年在結婚前一天被抓進牢房，他對王洛賓發誓說不見到心愛的人絕不剃去鬍鬚。結果當鬍鬚鋪滿胸膛的他走出監獄時，他的姑娘竟然去世。王洛賓講到這個情景時哽咽得說不下去，他走到鋼琴邊為我們唱起了他為那個淒慘的愛情故事寫下的歌——《高高的白楊》。

高高的白楊排成行
美麗的浮雲在飛翔
一座孤墳鋪滿丁香
墳中睡著一位美好的姑娘
姑娘吻著枯萎的丁香
知心話兒對我輕輕歌唱
抱緊丁香向前走
沿著高高的白楊……

因為紀錄片時間的限制，這段錄影我沒有放進片子裡去。可是王洛賓在講述時飽含的淚水以及這首《高高的白楊》始終在我心裡揮之不去。以後唯有這首歌我找不到合適的場合唱給朋友們聽，因為它雖然優美但過於哀婉，抒情而不失悲傷。王洛賓說後來他和那位留鬍鬚的維吾爾青年見面了，他們相擁而泣，在《高高的白楊》歌聲中痛訴衷腸。

當王洛賓走出陷身十五年的牢獄時，他已經六十歲了。那時他僅有的財產是一頂破舊的蚊帳，一大捆報紙。他沒有工作，不得不去拉人力車、做小工、洗碗盤。他爬過腳手架，揀過破爛，從工地到市里要徒步往返幾十公里，可他硬要省下幾毛錢的路費，為了多買幾張五線譜紙。後來，有人聘他為一個歌劇譜曲，他那壓抑已久的創作欲望如火山爆發一樣從胸中噴湧而出。當他的歌劇在全國獲獎時，當首都文藝界為王洛賓的複出而驚喜時，他告訴人們說歌劇中的大部分素材是他當年在獄中用窩頭換來的。老人談到這裡時又禁不住潸然淚下。

1981年，一位新華社駐新疆記者率先採訪了王洛賓。當人們從報上得知《在那遙遠的地方》、《達阪城的姑娘》等歌曲的作者叫王洛賓時，巨大的衝擊波遠遠越過了文化界本身。中央人民廣播電臺接二連三地播放他的歌曲，出版界正式發行了他的歌曲集。從此王洛賓忙得不可開交，他的作品音樂會先後在新疆、廣州和北京舉行。日本、菲律賓、加拿大、美國、澳大利亞……幾乎全世界凡是有華人的地方都在傳唱著《在那遙遠的地方》。法國國家音樂學院一直把這首歌作為東方音樂的代表作編入聲樂教材；美國著名歌唱家羅伯遜一直把它作為保留歌曲。著名臺灣電視製作人淩峰專程趕到新疆，把他拍入了《八千里路雲和月》。淩峰曾一動不動地站在王洛賓家的大廳，久久地看著他妻子的遺像。

1990年一個溫暖的春天，臺灣女作家三毛專程趕赴烏魯木齊拜見王洛賓。這位多情的女作家在老人家裡住了整整十天，聽王洛賓講述自己的故事，也不知為他流下多少感動的淚。三毛回去後給王洛賓寫來熱情洋溢的信，表達了自己愛慕之情。王洛賓以歲數相差太大為由婉言謝絕。三毛回信說：「像我們這樣的人不存在歲數問題」。王洛賓含著淚看著妻子的遺像久久不語，他沒有再給三毛回信。

我們拍下了三毛的這封信。我猶豫著是不是要把這封信放到片子裡。我反復體會剛剛失去丈夫荷西而痛不欲生的三毛此時的心情，又再三揣度歷經情感波折的王洛賓的心境。世界上再沒有比人類的精神情操更複雜更難懂的了，靈魂高尚的人格絕不是他們的文章，他們的歌所能說清的。這是另一個不可知時空的心靈溝通，它深邃、神密、高貴而超乎尋常。

1990年12月11日，三毛給王洛賓寫來了最後一封信。

二十四天后，三毛去世。

人們在三毛的遺物中，發現了厚厚的一疊「洛賓採訪記」。

王洛賓得知三毛去世的噩耗禁不住老淚縱橫。他為三毛寫了一首歌，用他那雙在監獄服勞役受過傷的手邊彈琴邊唱，他想把歌唱給三毛聽——

你曾在橄欖樹下等待又等待

我卻在遙遠的地方徘徊又徘徊

人生本是一場迷藏的夢

且莫對我責怪
為把遺憾贖回來
我也去等待——每當月圓時
對著那橄欖樹獨自瞑拜
你永遠不再來
我永遠在等待
越等待我心中越愛

王洛賓對我們說，他一生有兩件最大的憾事，一是他愛妻臨死時他無法回到她的身邊；二是他不該急著拒絕三毛，該送她更多的溫暖。他希望天下有情人能理解他，原諒他這顆已經蒼老的心。他為大西北寫下那麼多優美的歌，可他卻無法用歌來唱自己。他說屬於他自己的不是歌都是淚，用淚泡成的歌只能唱在心底。

以後，王洛賓繼續一首一首寫歌，寫不盡大西北黃沙漫漫，無邊戈壁。他一直恪守「清貧」二字，每天和戰士們一樣去食堂打飯，捨不得買件新衣服穿穿。他說要把錢存起來，將來辦一個

作者與
王洛賓交談

充滿音樂的幼稚園。他唯一的嗜好就是愛喝點酒，酒喝高興了，就唱起來，跳起來。

許多人以為他很寂寞，他笑呵呵地說他總是想起那個美麗的卓瑪。卓瑪把鞭子抽在他身上，他願做一隻小羊依在她身旁……那是他一生中最甜美、最珍貴，也是最短暫的回憶，可是他自信青春永遠不會消失，三百年，五百年，源遠流長……

他總是這樣，心中永遠湧動著草原一樣豁達的胸懷。別人為他的成就讚歎時，他淡然一笑；別人為他的遭遇落淚時，他卻慶倖這是自己的一份偏得。他有用不完的激情，有走不完的音樂之路。單是他對人生對音樂這份真誠感受，就沒人否認——他是一條漢子，是大西北風沙錘打過的硬漢。

1996年3月14日，王洛賓老人去世。那一年他八十三歲。

我在資料上看到：追悼會那天下著鵝毛大雪，整個會場人山人海。一支熟悉的曲子作為告別曲在大廳和無邊的野外回蕩，那是《在那遙遠的地方》……

2009年，我前往匈牙利參加國際電影節。主人的招待會上充滿節日氣氛，人們穿著各式禮服以高貴的禮節接待來自中國的記者代表團。我注意到會場右側有一個小管樂隊，樂手們穿著白色軍樂隊禮服，金黃色肩章和鈕扣在燈下熠熠閃光。當招待儀式宣佈開始時，樂隊奏響了一支歡樂的中國樂曲。

是王洛賓的曲子——《青春舞曲》。

太陽下去朝陽依舊爬上來

花兒謝了明年還是一樣的開

美麗小鳥一去無蹤影

我的青春小鳥一樣不回來……

我的心「呯」地一動。沒想到在這麼遙遠的地方，聽到了王洛賓的歌曲。我好像一下子又回到了一望無際的戈壁灘，聽到了漫漫沙漠上叮噹叮噹的駝鈴聲。我真想一步邁上臺，告訴大家這是中國大西北一位年輕的老人寫的歌，他牽著馬走過小河邊，他來自銀色的雪山頂起藍天……

是的，王洛賓帶著年輕人的熱情，老年人的成熟，背著沉重的絲路民歌，從遙遠的地方走來，向更遙遠的地方走去……

走近鄭和

2004年，香港某衛視頻道通知我，要做一部關於鄭和的紀錄片，由我做製片人。下令者明確說這部片子要賣往美國，因為美國銷售紀錄片的價格是國內的好幾十倍。

又不知誰得知，美國對中國的三個人物感興趣，一個是孔子，一個是毛澤東，還有一個是七下西洋的鄭和。

這將是一部把中國紀錄片作為文化商品走進國際市場的初步嘗試。

還沒等確定《鄭和》一片的創作班子，便得到消息說有一名六十五歲前英國潛艇指揮官凱文·孟席斯曾經在英國大不列顛博物館意外發現了一張1459年繪製的航海圖，圖中畫有中國的帆船。由此他進行了十四年的研究，遍訪了一百二十多個國家，用幾千個證據證明，是中國的航海家鄭和率領的船隊最先發現了新大陸。他寫了一本名為《1421》的書。書中說，六百年前中國有一位名叫鄭和的航海家，帶領世界上最大的艦隊七次跨洋遠航，他早於哥倫布八十年，到過東南亞、西亞和非洲大陸。還到了美洲、澳洲，甚至到了南極。說鄭和失散的船隻還有漂到紐西蘭的呢。

2002年3月，全球許多國家媒體都報導了這本書的出版。一年後臺灣把這本書翻成了中文。

就在當年，中國海洋學會竟把孟席斯先生從英國請到南京，與中國歷史學、海洋學專家們座談。

於是上面派我臨時組織個攝製組奔赴南京，下令先把這個座談會搶下來。

原英國皇家海軍潛艇編隊指揮官凱文．孟席斯，已退休

孟席斯先生高大魁梧，面龐紅潤，一頭銀髮，身著一身黃色西服，配著深色領帶，站在投影螢幕前顯得自信而氣宇昂軒，一看就能讓人想像出他當潛艇船長的英姿。他不慌不忙，面對滿座的中國專家闡釋他書中的觀點。他指著大屏上的一張圖說，這張航海圖在麥哲倫航海一百年前就繪製出來了，圖中繪製出一些南極島嶼，繪製時間比歐洲人到達南極要早四百年。而且這張圖還畫出了一些南美洲動物，究竟是什麼人到過南美洲？按時間推算只能是中國的鄭和。

說話間中國海洋測繪研究所高級工程師朱鑒秋舉手站起來說，僅這一張圖不能說明是中國人繪的，因為它的標示方式跟中國傳統標示方式有很大的差異。

孟席斯沒有在意中國專家的異議接著說，像在南美洲，中國艦隊去過的很多地方，都發現有中國的雞。雞不會飛，也不會游泳，所以一定是有人把它帶過去的。這時會場上劃過一陣笑聲。上海復旦大學歷史學教授樊樹志後來對我們說，這些都是揣測，沒有確切的證據，只是一點點捕風捉影。

孟席斯還說，在鄭和艦隊去過的地方，從印地安人血液裡提取的一些DNA樣品，和中國的廣東人相同。他還說在加勒比海海底，至今有九艘中國的沉船殘骸，他發現了出土的壓船石和實物。他還說早在大航海時代在中國皇帝的動物園裡就有了袋鼠，而袋鼠是澳大利亞獨有的動物。所有的故事都讓會場躁動不安。這位英國人留給我們一個「鄭和船隊之謎」。

南京的爭論吸引我去找關於明朝的歷史資料，千頭萬緒只感到一頭霧水。於是我通過朋友關係請當時轟動一時的《潛規則》作者吳思先生吃飯，他是專門研究明史的。那天他有個家人在住院，我便多點了兩個好菜讓他帶到醫院去。吳思先生雖然年輕卻有著大學者的氣質和派頭，讓我對他不由得真心實意地畢恭畢敬。吳思似乎對鄭和的「謎」不甚動心，開口就問我「鄭和為什麼要七下西洋？」

是呀，為什麼呀？我反問。

吳思說話聲音不大，史書上記載，通過謀反和篡位獲得權力的明朝皇帝朱棣，始終為他的王位憂心忡忡，他必須向世界證明其統治的合法性，展示其至高無尚的權力。他一方面耗費鉅資遷都北京，動用幾十萬民工建造中國歷史上規模最大的皇宮和都城，另一方面他決心派一支強大的海軍開往各國，把已知和未知的小國都納入以中國為核心的屬國圈。

吳思還說，鄭和十幾歲被召到宮裡又被皇帝閹割成了宦官，和中國無數宦官一樣，作為男人他生命最重要的部分被換成皇帝賜與他的屈辱和自卑，可他卻用一生的忠誠效忠于他的皇帝，這是他人性的悲劇。他成功地完成了皇帝的使命，創造了世界航海史的輝煌，可是七下西洋的結果是幾乎所有老百姓都被迫提高稅金，全國有十三個省要向朝廷交納特產和珍品，僅白銀一項每年就花費六百萬兩，銅錢大量外流，嚴重損耗國庫儲備。第六次遠征時國內物價漲了三百倍，幾萬名官兵葬身海底，數不清的船隻在異國漂流。

吳思說完帶著飯盒匆匆走了，留下了我和我的思考。

如果按照小學教科書的教導，鄭和是個驚濤駭浪中的英雄。如果按照人性的血脈去體驗，鄭和是個「悲劇英雄」。今天讓鄭和通過影像藝術重新走向世界，必須要有新的定位——一個「悲劇英雄「的形象在我腦中朦朧出現了。

我第一步就請到了上海朱大可先生做此片的撰稿人。我是在澳大利亞採訪時與朱大可認識的。他不高的身材，胖胖墩墩，肚子有點鼓，鼻子有點翹，可兩隻眼睛格外有神，只要一使勁就能看到你心裡。人最重要的是眼睛，所以他也為此最得意。他上海華東師範畢業，在澳洲住了八年，回國沒多久就成了有名的「文化批評家」，這是他給自己的身份定位。那時他寫的書我必讀，他的演講我必聽。後來我知道他肚子大裡面盡是學問，他腦袋大裡面有的是思想。他的文筆風格獨特，思路清晰明快。

讓這樣的人為一部紀錄片撰稿有點「大材小用」，可剛回國的朱大可經濟也不寬裕，我要他的才華，他要我的稿費。

學者　文化批評家
作家　朱大可

國內著名的《人物》雜誌曾採訪朱大可，問他最嚮往的是什麼，他回答說「自由」。我知道如果不按照他的思想意識去寫，給他再多的稿費也無用的。

果然，對《鄭和》的人物定位，我們一拍即合。

紀錄片編導　吳石友

接著又開始物色編導。我們採用了投標的方式。其實我心底已經有了目標，他是從江西農村來的吳石友，北師大影視專業畢業。可能因為他平頭腦袋比一般人長得圓，黑邊的圓眼鏡永遠架在他的圓鼻頭上，再加上他名字裡有個「石」字，平時處事也較圓滑總給人一個圓圓的感覺，所以平時大夥都叫他「石頭」。他愛畫畫，他的畫我永遠看不懂；他對收藏古玩幾乎呈瘋狂狀。他為人滲透著農民的樸實，可在保護自己時不經意間也會流露出一點農民的狡黠和小精明。石頭非常喜愛做電視紀錄片，他把做紀錄片的人看成是有文化的人，可他自己常因為文稿中的不通順受到我們的調侃。石頭的最大特點是對畫面感覺好，有著超出一般編導的想像力。在眾編導水準和經驗都差不多的情況下，想像力就顯得非常重要，它是將來做三維動畫的一個重要素質。這是我當時推薦石頭的主要理由。石頭的後期剪接尤其了得，有著天生的節奏感並善於組織畫面結構，對音樂也有天生的感悟。

儘管如此我還是希望所有投標人都到台前顯示一下自己的實力，這樣也顯得公平。那天來自各個山頭的編導個個侃侃而談，毫不客氣地擺出他們各自強項。

沒想到石頭在投標會上竟緊張得結結巴巴，吭吭哧哧，半天也沒聽明白他都說了些什麼。他知道自己說的啥也不是，急得頭上直冒汗珠。我裝作非常平靜，心裡卻又憋氣又窩火。就在我幾乎絕望時，石頭在關鍵時刻竟拿出個「殺手鐧」，他用英國電影《哥倫布》的畫面剪接成一個七、八分鐘的小片子當場放給大家看。他選擇的鏡頭大氣，恢宏，氣勢磅礴，大浪滔天。他用彩虹抒情，用日出表現豪邁，再配上動人心魄的音樂，一下把在座的電視專家們全震住了。

「如果要我做《鄭和》，將來的畫面氣氛總體就是這個感覺。」

石頭終於說出了最重要的一句話。

「石頭的小片立功了！」精明的朱大可直言不諱。

我長舒了口氣。

於是，我和朱大可，石頭，組成了《鄭和》片的「鐵三角」。

按照以往的程式，先由朱大可寫一個初稿拋磚引玉，供大大小小的頭頭們討論，然後再綜合大家的意見進入正式撰稿。

在和朱大可討論框架時，我一點沒看出這位「文化批評家」有絲毫為難處。

熱愛「自由」的朱大可真是太自由了，他在初稿的一開頭講述完鄭和的出身後，便在鄭和進入皇宮怎樣被閹割上大作文章。他細緻地寫道：

> 閹割由宮廷的職業刀手主持。在經過簡單的胡椒水消毒後，刀手用一把小型鐮刀割下陰莖和睪丸，將它們放入小布袋然後高高掛起，以求以後的步步高升。然後將一種氣味芳香的

草藥敷在傷口上，以便消炎和減弱劇烈的疼痛。最後插入一根浸過白蠟的麥杆，以防止尿道口被堵塞。少數人會死於術後的感染，大多數人則活了下來。

講鄭和下西洋幹嘛非講閹割呀？還有什麼陰莖睾丸，腳本一開頭就遭到不少人的強烈抵制。多數人認為鄭和的偉大在於他是著名航海家，紀錄片應表現他的智慧和英雄氣概，與閹割沒什麼關係！討論會上我解釋說，表現一個人物應從他的命運入手，鄭和少年被閹割晚年被罷官死時被葬于大海這些同他的偉大加在一起才是一個完整的人。「鄭和是英雄」這是個概念，鄭和有成就也有痛苦這是人性。可有人還是堅持反對把鄭和定位于「悲劇英雄」，也不同意用一些篇幅去講明朝皇帝朱棣派鄭和七下西洋的真正目的，他們耽心這樣表現鄭和搞不好會降低鄭和的偉大，中國觀眾是不能接受的，央視也絕對不能播。

我提醒說這部片子不在國內播而在美國，對方說一個作品為什麼不讓他在國內國外都能播。我說東西方文化是有差異的，最後爭論陷入僵局。

坐在一邊的朱大可始終一聲不吭。事後我埋怨他眼看我「舌戰群儒」也不幫我，他笑嘻嘻說有你一個人夠了。會上石頭坐在我旁邊只是重複一句話：「我同意李導意見」。可會後他叫苦不迭：這閹割得用什麼鏡頭呀？

幾乎沒費什麼大的周折，關於「悲劇英雄」的定位被通過了。朱大可借鄭和對中國宦官制度的批判，得以實現。

現在回想起來，如果不做這部紀錄片，對鄭和真就得不到更深入的瞭解。

我們從有限的史料中得知，鄭和乘坐的旗艦稱為「寶船」。「寶船」的體積讓歷史學家們爭論了好幾個世紀。直到發現了鄭和手下的翻譯費信的日記才相信它長一百五十六米，寬五十一米，足有一千多噸，可容納一千多人，是哥倫布所乘軍艦「平塔號」（PINTA）的五倍。

費信在日記中記錄：寶船用堅固的柚木和紅木建造，像一座海上浮動的宮殿。甲板上建有四層，屋頂帶著象牙般翹起的飛簷。精巧的水羅盤位於最高層鄭和指揮大廳的中央，旁邊立著一座媽祖廟，船尾最高的甲板上是鄭和經常踱步的地方。

其實。那個時候的中國人能不能造出這樣大的船，至今在中國造船史上還是個謎。石頭可不管這些，只要有史料記載他就敢下手。

明朝動員全民製造寶船
李西　畫
（紀錄片《鄭和》用過的圖片）

他的創作班子用三維動畫做出的鄭和的「寶船」散發的雍容華貴讓人不勝感慨。

鄭和船隊啟航那天，朱大可是這樣寫的：

> 西元1406年1月，軍旗獵獵，號角齊鳴，龐大的艦隊滿載著兩萬八千名將士及大量金銀、瓷器、鐵器、銅器、布匹、穀物和珍寶正式起錨，在皇帝的注視下和當地民眾的狂歡中出發，在強大的東北信風的推動下，開始了向東南亞、印度、非洲和中東的遠征。鄭和艦隊最多時擁有三百一十七艘船隻，包括各種戰艦、運兵船、供給船和貨船。這個大規模環球航海行動趕在歐洲人之前，比哥倫布提早了八十多年。它宣佈了人類大航海時代的到來。

出發前的鄭和
李西　畫

石頭和他的夥伴用三維做了一個俯拍成群的戰艦在海上航行的鏡頭，浩瀚的氣勢驚得我在機房裡差點叫出聲來。那麼多關於海上和船隻的鏡頭幾乎全要用動畫完成，真是難為他了。後來他們終於在福建的一個關於「中國造船史」的博物館裡找到了鄭和船的模型，

於是他們征得館主同意，把模型放到游泳池裡，下面用人手托著，放上煙霧，打上燈，用人拍擊著池水，攝像機移動起來，於是就成了鄭和船在夕陽中乘風破浪的鏡頭。這組鏡頭石頭雖然只用了十幾秒，卻填補了大部隊船隻全景和近景移動的空缺。

七次下西洋使鄭和在船上生活了二十八年。他指揮上萬名被處刑流放的罪犯組成的敢死隊，外加外交官、文書、翻譯、禮儀專家、樂隊、氣象和天文學家、醫生、修船工匠、以及憲兵和特務等等。鄭和始終是艦隊的最高靈魂。白天各船之間靠色彩鮮明的旗幟傳遞資訊，晚上用高掛的燈籠為號。雨天以鑼鼓號角聯絡，並用鴿子作通信媒介。鄭和使用祖先傳下來的羅盤針為航船定位，夜間舵手們用星體導航。船隊每天都面對著死神的威脅，一支馬燈著火會燒毀整個戰船，兇猛的海洋風暴轉眼間會吞沒一個船隊。最多的一次船上有一萬人死在海上。朱大可寫道：

> 遠征士兵的家屬再也無法觸摸那些已經葬身大海的屍體，他們的慟哭淹沒在皇帝勝利的笑聲之中。

鄭和面臨的又一個難題是敗血病，它像瘟疫一樣席捲整個艦隊。當年由於營養不良差點讓哥倫布的事業葬身大海，西班牙的

麥哲倫船隊因敗血病的困擾在返回祖國時只剩一條破船和幾名垂危的水手。而鄭和的船隊可以在海上航行三個月不用靠岸補充給養，船上儲存了足夠的大米、小米、小麥和黃豆。僅黃豆就讓船隊做足了文章。黃豆在水裡浸泡發芽的過程增加了抗壞血栓、核黃素和煙鹼酸，這些維生素讓船員擺脫了營養缺乏症的威脅。船員們還把黃豆放進成百上千的瓷器裡，黃豆發成豆芽後形成柔軟的墊子，避免了瓷器因顛簸而破碎。鄭和的船上還養豬，養雞，養狗捉老鼠，養水獺抓魚。船員們還醃制一桶桶蘿蔔以補充維生素。船上裝滿了生薑、茶葉、檸檬和柑桔，鄭和允許船員們喝酒，以戰勝潮濕和寒冷以及對大海的恐懼。朱大可說，中國的飲食文化推動著鄭和船隊破浪前進。

六百年前的鄭和所使用的高超的航海技術至今令航海家們歎為觀止。不論是船的定位，船速的測量，季風的利用，洋流的規律，還是通訊聯絡，飲食起居，都顯示了人類智慧和文明水準。船隊在沿途做了精密的航海記錄，留下了珍貴的「鄭和航海圖」。圖中關於航行方向，航程遠近，停泊位置，暗礁險灘，都

電腦制做的鄭和團隊
李西　畫

作了詳細記載。可惜鄭和主持撰寫的「航海手冊」不幸失傳。

石頭在鏡頭中擺拍了好幾個鄭和的各種造型，其中一個是高大的鄭和站在船頭，海風吹起他肩上的鬥蓬，他的迎面是海上的日出，腳下是翻湧的海浪。石頭用鏡頭告訴人們，鄭和是偉大的。是個英雄。作為宦官的鄭和從大海中獲得了力量，七次成功的遠航，使他成為一個無懈可擊的男人。

原央視副台長，中國紀錄片學會會長陳漢元先生曾是國內赫赫有名的紀錄片創作的元老和權威，他在公司德高望重，卻總懷著個凡人的心態。他舉止溫文儒雅，說話輕聲輕語，和我們同樣經受了東西方文化、人性化和黨文化的縱橫交錯的鬥爭與折磨。讓我記憶最深的，是他在我耳邊輕聲說：「悲劇，就是把最美好的撕碎了給人看」。

紀錄片不是虛擬的，它無法編造但可以選擇。朱大可撿起那些被歷史撕破的碎片。這種選擇的動力，來自創作者對人物的理解。

鄭和船隊到了非洲
李西　畫

鄭和船隊所到之處，立即刺激當地貿易和香料種植業的發展。他絕不侵略，只是把銅幣、瓷器、絲綢等送給各國國王，用微笑加天下無敵的艦隊完成了大小三十多個國家臣服明朝皇帝的使命。

可是朝庭的文官們開始責難一次次耗資巨大的海洋開疆運動。國家財政大臣帶頭向皇帝進言批評鄭和的遠征，認為應儘快終止這一毫無意義的海上行動。皇帝朱棣一怒之下把財政大臣關進大牢，這場文官與宦官的鬥爭以宦官的勝利暫告結束。

命運，抓住人物命運。我們咬住這一點。

1425年，鄭和完成了第六次航海。明皇朱棣死在征戰北方的戰場，他的兒子朱高熾繼位。朱高熾登上皇位第三天就把財政大臣從牢中放出來，接著幾乎所有大臣都站出來控訴宦官的罪行，說海上行為幾乎要拖垮整個國家。鄭和被下令停止出海。文官終於有了報復宦官的機會。

鄭和被派到南京擔任守備，權力形同虛設，他手下的兩萬余名水兵成了水上運輸的船夫，經常被停發糧餉，荒廢了水上訓練，成了在泥漿裡打滾的苦力。五十五歲已花白頭髮的鄭和再也沒機會回到北京。孤獨的他請求哥哥將兒子過繼給自己。冬天到了，院子裡堆滿了枯黃的樹葉，離開驚濤駭浪的鄭和獨守空蕩的家園。

直到1430年，宮廷裡的外國奢侈品日益見少，市場上的海外產品也在消失，以往來朝貢的外國使節沒了蹤影。新皇帝朱瞻基又想重振朝廷在海外的聲威，再現「萬國來朝」的盛況，於是又想起了鄭和，決定再次啟用這個幾乎被人遺忘的老太監。

鄭和艦隊戰勝海盜
李西畫

這是第七次遠征，衰老的鄭和帶病執行皇帝的命令。朱大可寫道：

> 1433年3月，艦隊航行到印度洋時，鄭和再次病倒，然後在大海的呼吸聲中走向長眠。根據回教傳統，鄭和的屍體經過清洗後用白布包裹，在阿訇的吟誦禱告聲中被將士們高高抬起。他的的頭部朝向麥加的方向，屍體被緩緩投入大海。海上的生命應該結束在海上。

朱大可寫道：

> 宦官死亡後，儲存的陰莖和睾丸需要進行油炸脫水然後被放進棺材與死者一起埋葬。這樣做是因為人的軀體必須在死後

保持完整，以便他投胎到另一個世界時能恢復男性的本色。
鄭和的屍體被送進了大海，與他的生殖器發生了永久的分離，他到死都沒有收回被皇帝奪走的男性標誌。

十五世紀中期，鄭和開闢的大航海事業遭到了滅頂之災。由於海盜猖獗，朝廷開始實施海禁。皇帝被迫放棄朝貢貿易，並嚴禁民間的跨國貿易。鄭和的遠征艦船被拖回南京的皇家船廠，在陽光、風和江水的腐蝕中變成一堆歷史的破爛。當時朝廷規定：凡有人建造雙桅以上船隻便定為死罪，大批戰船被摧毀，下海的商人被逮捕。一百年間，全世界最強大的海軍遭到徹底毀滅。

同時，朝廷還下令要徹底清洗掉一切有關航海大發現的知識，以防止海洋文明給農業帝國帶來新的災難。鄭和留下的一批批航海檔案被毀之一炬，明史中有關鄭和下西洋的記錄只三千多字。

要不是鄭和生前留下的那幾塊碑和他手下人馬歡、費信等寫的航海日記，要不是那份倖存的殘缺不全的航海圖，鄭和真的會成為無法破解的千古之謎。

幾百年後，新的朝廷繼承了海禁政策，居民必須離岸十五公里居住，絕不允許任何一塊木板下海」。

全片是這樣結束的：

1492年，繼鄭和之後八十餘年，歐洲的哥倫布發現了美洲新大陸。

1499年，葡萄牙的達·伽馬發現了通往東方印度的航道。

1519年到1522年，西班牙的麥哲倫完成了第一次環球旅行。

1588年，伊莉莎白一世統治下的英國，打敗西班牙的「無敵艦隊」，成為全球海洋的霸主。

而中國，從此關上了海上大門，長達四百年之久。

石頭設計了這樣一組畫面：轉動的地球儀，疊出各國不同的船隊一個個駛過。畫面隱去再出現時，是暗黑色的大海中幾隻漂零的破損的戰船……

鄭和在第七次出海前立下了兩塊碑，記錄了他幾次出海的成就。鄭和在碑上說：「國家富強，不可置海洋於不顧。財富取之海，危險亦來自海，一旦他國之君，奪得南洋，華夏危矣」。

這是鄭和留給後人的唯一一段話。現在，許多軍事和非軍事專家在向國家論證海洋及海軍的重要性時，幾乎都提到鄭和和引用他意味深長的碑文。

一年後，美國歷史頻道公佈了他們播出中國紀錄片《鄭和》的時間。我很快拿到了美國歷史頻道的播出版。

我認真看了這部播出版。他們沒有改動一個鏡頭，只是把朱大可的解說詞壓縮了，因為譯成英文會過長。朱大可為此沮喪不已，因為不但他的詞減少了，而且變成英文後他的文采也黯然失色。我安慰他說，電視嘛，以視覺為主，耳朵是次要的。他氣得回我道，有本事你以後別找我撰稿。

美國《探索》頻道前亞洲總裁，一位有著豐富紀錄片製作經驗的老先生看了《鄭和》後，說了三句評語：

「精彩的故事情節，
合理的敘事結構，
精緻的三維動畫。」

這三句話，無意中成為來自西方文化的製作記錄片的標準。

有一天，陳漢元先生坐到了我的電腦旁邊。我們好半天沒說話。然後他輕輕說：「要是《鄭和》能在中央台播出就好了」。

他反復說了兩遍，我沒有動容。因為這是不可能的。果然，片子很快被央視退回。據說負責審片的領導剛看了個開頭就關機了。可不是嗎，就朱大可那個「閹割」的開頭，誰看了誰不關機呀?!

不久，有消息傳來，美國歷史頻道提出要繼續與中國合作。

國家圖書館出版品預行編目

風雨小白樓 / 李蘊著. -- 臺北市 : 獵海人,
2020.10
面； 公分
ISBN 978-986-99523-0-9(平裝)

855　　109013897

風雨小白樓

作　　者／李　蘊
出版策劃／獵海人
製作銷售／秀威資訊科技股份有限公司
114 台北市內湖區瑞光路76巷69號2樓
電話：+886-2-2796-3638
傳真：+886-2-2796-1377
網路訂購／秀威書店：https://store.showwe.tw
博客來網路書店：http://www.books.com.tw
三民網路書店：http://www.m.sanmin.com.tw
金石堂網路書店：http://www.kingstone.com.tw
讀冊生活：http://www.taaze.tw

出版日期／2020年10月
定　　價／360元